발자국

김지헌

발자국

김지헌

새미

책을 내면서

세 권의 작품집에서 건져 올린 작품을 모아 선집을 낸다. 어쩌면 20여 년의 시간을 어떤 생각으로 살았는지, 한 사람의 속내가 투명하게 들여다보일지도 모른다. 허나 그것만은 아닐 것이다. 개인사만으로 치부하기엔 나는 이 사회의 역사 속에서 함께 숨쉬고, 함께 고민하며 살아왔기 때문이다. 흐르는 시간 속에서 생멸하는 것들에 대한 환희와 아쉬움, 변화하는 인간정신, 새로운 문명과의 충돌과 갈등을 문학이라는 이름으로 증언해 왔을 것이기에. 하여, 그때 그 자리에서 그렇게 말하고 썼던 이유를 스스로 존중하고 싶다.

그런 이유로, 교정은 보았지만 작품을 수정하진 않았다. 덧붙여서, 이 작품들을 쓰며 맛보았던 희열과, 이들이 세상에 나가 누군가에게 스며들어 부메랑처럼 내게 돌아온 기쁨이나 위안, 보람 같은 것들에 대한 애정을 놓을 수 없기도 했다. 다만 독자와의 원활한 소통을 희망하며, 차례를 시간의 흐름에서 역순으로 정했다. 1집 『울 수 있는 행복』에 수록되었던 1990년대의 작품들은 5, 6부에 싣고, 2집 『표면적 줄이기』의 작품은 3, 4부에 두었으며, 3집 『그는 누구일까』의 작품은 1, 2부로 배치했다.

모아놓고 보니 다작은 아니라는 생각이 든다. 소설을 쓰고, 다른 일을 해왔다고 변명 속으로 숨고 싶어 하는 자신을 본다. 그 자기합리화가 진정 나는, 내가 하고자 하는 것을 좇아 자유롭게 살았는지 문득 돌아보게 한다. 선집을 내는 일로 더 자유로운 세계를 키워가는 계기가 되었음 좋겠다.

　　너 남 없이 하수상한 시절을 건너느라 자맥질 하듯 살아가지만, 그런 중에도 우리의 삶은 지속된다. 일상의 숭고함과 남루함, 그 틈새에서 세상을 향한 따뜻함과 아름다움을 전할 수 있는 것이 문학이지 싶다. 그런 균형 감각을 잃지 않는, 작가의 소명을 다하길 꿈꾼다, 감히 나는.

2015년 1월, 무등산 마을에서
김지헌

차 례

제 2 부 그는 누구일까

제 3 부 배설에 관한 단상

제 4 부   표면적 줄이기

제 5 부 성 묘

제 6 부   진홍 가슴새로

1부

반쪽의 영혼을 찾아서

문

    실존과 초월, 주체와 타자, 안과 밖, 정신과 몸, 모든 경계에 이를 때 우리는 문을 통해 넘나들고 때로 양존하는 순간을 맞기도 한다. 그래서 세계는 온통 문이다.

    그 문들을 통해 한 세계에서 다른 세계로 가는 길 또한 무수히 많다. 우리는 수많은 문을 통과하며 살아가지만 똑같은 문은 없다. 같은 문을 통과해도 그 경험은 매 번 다르다. 매 순간 변화하는 세계의 사물들은 비슷한 것 같아도 모두 다르기 때문이다. 한 사람의 긴 생의 여정에서, 크고 작은 통과제의를 거칠 때마다 문을 통하지만 우리는 자신이 드나들었던 문들을 일일이 기억하지 못한다. 다만 그 길을 지나며 변화하고 나아갈 뿐이다. 때론 기억하지 못한다는 것이 얼마나 큰 축복이던가.

사립문(대문)

    동짓달 깊은 밤, 꿈결인 듯 잠에서 깨어나다 사립문 여닫히는 소리를 듣기도 했다. 귀를 기울이면 문을 흔들고 지나가는 바람의 소리도 함께였다. 아침에 보면 사립문은 밤새 내린 눈을 맞아 몇 차례 바람결에 털어내기를 반복하면서도 의연히 제 자리에 서 있었다.

어린 시절, 마루에 걸터앉아 두 다리를 흔들며 들일 나가신 어머니를 기다리며 하염없이 바라보는 것이 사립문이었다. 어머니는 그 작은 문을 열어 나가셨고, 그 문을 통해 들어오실 테니까. 그리 높지도 않고 넓지도 않아 누구나 그 너머를 들여다보고, 건너다니고 여닫을 수 있는, 있으나 없으나 별무소용인 것 같은 문이었다. 공간적으로 안과 밖의 경계를 가지고 있으나 오히려 양쪽이 다 공유해도 좋은, 사립문만의 열린 세계였다. 사물이라는 실체를 가지고 있으면서도 그 너머의 대상까지 넘나들 수 있는 통 큰 자유를 가진 문이었다.

싸리나무는 7월 즈음, 주로 보랏빛의 애잔한 꽃을 피운다. 꽃이 지고 가을이 되면 어른들은 싸리나무를 베어 새로운 사립문을 세웠다. 이를테면 싸리로 만든 사립문의 수명은 거개가 1년인 셈. 1년이 지나면 비바람, 눈보라에 낡아 엮었던 새끼줄이 끊어지고 매듭이 풀려 사립문은 모양이 일그러지고 구멍도 생겨 존폐위기에 처하게 된다. 문틀 자체가 굵은 대나무나 고만고만한 통나무를 양쪽에 세워놓고 싸리문짝을 매달아두기 때문에 정밀하거나 튼튼함과는 거리가 멀기 때문이다. 그래서 1년쯤 지나면 그 작은 문이 더 허술해져 개들도 드나들 구멍이 생긴다.

사립문이야 애초 내 집 마당에 들어서는 사람을 감시하거나 막아보겠다는 의도는 꿈에도 없었다. 이 집은 내 집이니 그리 아시오, 정도의 자기영역 표시가 전부였다. 살짝 닫아두거나 열어두는 차이로 집에 사람이 있거나 외출중이라는 의사나 전달해주면 그 역할이 다였다. 그러니 타인을 경계하거나 밀어내겠다는 의도는 애당초 없었다. 그래서 지나는 사람이 맘만 먹으면 얼마든지 그 집 안을 다 들여다 볼 수 있었다. 어쩌면 누가 봐도 우리는 이렇게 사요, 라고 자신의 일상을 투명하게 드러낼 만큼 정갈한 시대의 산물이었을 것이다. 식구들이 마루에 앉아 밥을 먹고, 마당에 널어놓은 덕석의 농작물을 훑깃거리고, 빨랫줄에 널어놓은 옷으로 며느리 솜씨를 훔쳐보고, 잿간에서 괴춤을 올리며 나오는 주인도 볼 수 있었으니. 그저 사람 사는 모습을 그대로 다 보여도 되는 시절이었으니.

어찌 사람뿐이랴. 바람이 불면 저절로 닫히고 일 없을 땐 한낮에도 늘 열려 있는 문. 드나들고 싶은 사람은 언제든 드나드시오. 주인과 객이 항상 자유로우니 문도 자유로웠다. 그러니 열리고 닫힘에 제약이 없고 모두 품어 안았다. 이를테면 경계 없음, 무장해제였다.

이제 세월 따라 사립문의 숙명도 바뀌었다. 싸리꽃 만발하던 고향 산천도 변했지만 그 사립문 자리엔 햇빛에 광택을 뽐내는 파란 페인트를 입은 대문이 떡 버티고 있다. 어디 변한 게 문 뿐이랴. 내 유년의 내력을 죄다 꿰고 있던 잎이 무성했던 감나무는 흔적도 없이 사라졌고, 그 감나무로 대신했던 담은 벽돌이 쌓여져 있다. 내 청년기까지 울도 담도 없어 마루에 앉아 시선을 멀리 두면 바다는 밀물 썰물에 몸살을 앓으면서도 시침떼는 모습이 그림처럼 고요히 두 눈에 담겼는데, 이제는 삼면으로 둘러쳐진 시멘트 담벼락에 가려 아무것도 보이지 않는다. 오직 벽돌 담장 사이로 햇살에 반사된 파란 대문이 그 위용을 뽐내고 있을 뿐이다.

파란 대문과 함께 그곳을 드나드는 사람들의 마음에는 벌써부터 담이 쳐지고 문이 닫히고, 잠금장치도 걸어졌을 것이다. 경계 태세 완료, 외부인은 함부로 드나들지 마시오를 상징하는.

그곳을 탯자리로 살았던 사람들의 역사가 사라지듯, 생겨나고 스러져 가는 것의 순환을 누가 막을 수 있겠는가. 다만 오랜 시간 내 기억에 존재해 있던 사립문의 자유를 닮으려 몸부림치는 내가 스스로의 경계를 풀고 파란 대문을, 내 의식의 문으로 받아들이기까지는 오랜 시간이 흘러야 할 것만은 분명하다.

일주문

어느 사찰이든 일주문 없는 절은 거의 없다. 세간 집의 대문처럼 사찰에 들어가려면 일주문을 통해야 한다. 그래서 절집에 들어서는 이들에겐 통과제의의 제1관문이라고 한다. 일주문 안과 밖은, 세간과 출세간의 경계지점이다. 그 문을 지나며 세간의 시끄러움이나 알음알이들을 하나씩 내려놓는다. 절집의 예법대로 고요하게 비우고 내려놓기를 염원하는 것이다. 그렇게 얇은 허물벗기를 통하면 조금씩 산과 자연과 우주가 하나임이 마음에 들어오기 시작한다. 자신 안에 꽉 차 있던 공간이 조금씩 자리를 비워가며 새로운 세계가 자리바꿈을 하게 된다. 그래서 스님들은 일주문을 통과하면 혈육까지도 잊지 않으면 안 된다 했던가. 일주문을 경계로 차안에는 온갖 상像으로 이루어진 현상적 세상살이가 있고, 피안에는 그 상을 지워가며 본질을 찾아가는 초월과 이상의 세계가 존재한다.

그런 알음알이 때문인가. 가끔 처음 들어서는 사찰의 일주문을 통과하면서도 기시감에 몸이 오싹해지곤 한다. 세속에서 살면서 비바람 들이치지 않게 마음자락 단단히 단속해도 놓치고마는 생의 비의 같은 것, 어쩌면 그것들이 운명처럼 다가드는 순간일지도 모른다.

모든 문이 그렇듯 일주문도 상징적 통과의례의 문이다. 그래서 일주문 안에는 세간을 지향하는 이들과 출세간을 지향하는 이들이 모일 수 있는 공간이 된다. 부처와 중생이라는 경계를 무너뜨리고 잠시 자신을 놓을 수 있는 곳이 절간이니. 깨달으면 피안이 되고, 현실의 벽에 갇혀 허우적거리면서도 그 삶을 놓지 못하면 차안의 사람이 된다. 누가 피안을 원하지 않으랴. 각자 제 삶의 무게가 무거워, 카르마의 두께가 두터워 피안의 세계에 한 발 다가서지 못하는 것일 뿐. 마음 한 번 돌이키면 자유를 구가할 수 있다 했는데, 본래 면목 찾아가는 마음의 일주문을 쉽게 넘어서지 못한다. 폭염의 삼복더위에 세간 일일랑 잠시 내려놓고 일주문 안 절집 도량에 앉아, 몸과 마음을 부려놓고 시원으로의 여행 길 나서 보고 싶다.

내 안의 문

한 사람에게 있어서 가장 중요한 문은 자신 안의 문이다. 이름하여 이니시에이션. 누구나 태어나서 죽음에 이를 때까지 알게 모르게 수많은 성장의식을 치르게 되는데 그 문은 숙명처럼, 일생 동안 지나야할 과제이며 또 응당 거쳐야 하는 의례이기 때문에 피해갈 수도 없고 피해서도 안 되는 마음의 문이다. 사람은 수많은 관계 속에서 많은 경험을 하며 사는 동안 보이지 않는 문들을 다 지나쳐야 하기 때문이다. 똑같은 사건을 맞으면서도 누구는 절규하고, 누구는 아프지만 의연하게 받아들이기도 한다. 아픔이라는 문의 크기는 같은데 그 문을 통과하는 사람의 마음 크기에 따라 다르게 맞아들여서다. 생의 변곡점에서 누구나 통과 제의의 문을 마주치지만 각자 자신이 가진 것만큼 자유롭게 열어줄 수도 있고, 폐쇄시킬 수도 있다. 간혹 어떤 이는 꼭꼭 닫아걸어 자신 속에 가두고 살기도 한다.

일생 동안 우리는 수없이 많은 이니시에이션을 지혜롭게 지날 때 삶도 성숙해진다. 따라서 이 마음의 문은 가장 솔직하게 그 사람을 그대로 반영하며 가시적으로 보이는 수많은 문들보다 더 복잡하고 중요하다. 어쩌면 숙명처럼, 한 사람의 모든 생각과 행위의 총체를 이끌고 있기 때문이다.

자신을 잘 아는 이는 진정 자유로운 문으로 향하는 길목을 알고 있다 할 것이다. 자신 안에 있는 수많은 문들의 문턱 높낮이를 가늠할 줄 아는 이는 자신의 삶으로부터 단단해질 수 있기 때문이다. 그래서 자유를 꿈꾸고 그 자유를 찾아 누릴 줄 안다. 누구나 자유를 찾고자 하면서 나아가지 못하는 모순은 인간의 역사를 거듭하며 자유로부터 너무 멀리 와 있기 때문이다.

사방이 벽으로 가려진 감옥에 살면서도 자유로운 사람이 있다. 반면 드넓은 들판 한 가운데에서도 포박당한 듯 옴짝달싹 하지 못하는 사람도 있다. 공초 오상순은 자유롭게 살았으면서도 죽음에 임했을 때, 넘쳐나는 자유가 오히려 자신을 자유롭지 못하게 했다고 말했다. 기독교인이던 그가 절에 가서 임종을 앞두고 깨달은 자유란 시공간의 자유가 아닌 자신이 지니고 있는 내면의 자유였다. 신을 좇아 사는 것 또한 종속된 자유라는 것을 그때 깨달았을까. 누구나 품고 있을 내면의 자유는 대상과는 상관없는 문제일 테니까. 타인의 구속은 벗어나면 되지만 자신이 스스로 만든 구속은 어찌할 수 없는 것이니까. 그래서 인간은 스스로를 구속하는 문을 닫아걸고 외로워하는 존재가 아니던가.

자유를 찾아 그 문을 만나길 열망하면서도 자유는 아주 가까이, 자신 안에 있다는 것은 쉽게 통찰하지 못한다. 자기 안의 문을 만나기가 쉽지 않기 때문이다. 그래서 마음이 자유로운 이는 이미 자신을 아는 사람이며, 아무리 큰 문턱이 앞을 막아도 자유롭게 넘나들 수 있다. 누구나 자신 안의 문은, 수 많은 문 중 단연 넘어서기 어려운 문이다. 그렇다면 내 안의 문은 어떤 크기와 어떤 모양으로 존재할까.

호랭이 물어갈 인간

타고 난 성격 탓인지, 느긋한 인생관 때문인지 그 이유를 정확히 짚을 순 없지만 나는 대부분의 일을 빨리 해내지 못한다. 그 느린 습관은 어린 시절부터였지 싶다. 바쁜 농번기 철이 되면 어머니는 새벽부터 일어나 정지에서 채전으로, 우물가로 달려다니셨다. 그 와중에도 나는 측간에 가 앉으면 들고 있던 종이쪽의 글씨들을 닳도록 읽고, 흙벽 사이로 새어 들어오는 햇기운을 잡아 갖고 놀거나, 떠다니는 먼지들을 움켜쥐다가 어머니의 고함소리를 듣고서야 엉덩이를 들어 냄새나는 그곳을 나오곤 했다. 그런 나를 본 어머니의 일갈은 한결같았다. "이 호랭이 물어갈 놈의 가시내야, 똥 집어먹고 자빠졌냐?"

오늘도 그랬다. 새해 들어 수업계획서를 작성하고 몇 가지 서류를 만들어 학교에 다녀오는 길이었다. 그것도 마감일에 간신히 맞춰 들이밀고 안도의 한숨을 쉬며 느긋하게 집으로 향했다. 일상이라는 생활 리듬이 그렇듯, 정해진 기간에 맞춰 급한 일들을 해결하고 다소 시간이 여유로워지면 밀어뒀던 일들이 하고 싶어진다. 비디오 보기, 책상 위에 쌓아둔

밀린 책 보기, 그리고 내 일 처리하느라 며칠 간 가족들에게 소홀한 미안함을 상계하기 위해 시장 보기 등속이었다. 먼저 비디오 가게에 들러 '우리들의 행복한 시간'과 '가족의 탄생'을 빌렸다. 과연 우리들의 행복한 시간은 어떤 시간이며, 새로운 가족은 어떻게 탄생되는지 미리 상상하며 가게 밖으로 나왔을 때였다.

"아이고, 이 호랭이 물어갈 년아! 언제 다 팔라고 그러냐. 대충대충 퍼줘."

짧은 겨울 해가 지고 의뭉스런 어둠이 내색 없이 스며드는 저녁 시간이었다. 길가에 좌판을 펴고 앉아있던 아낙네들도 나머지 물건들을 떨이로 팔고 서서히 일어서서 집으로 달음박질 할 때가 된 것이다. 거칠 것 없이 소리치는 오십대의 여자는 제 물건 떨이로 팔 손님 잡으랴, 옆에 있는 리어카에 실린 생선도 팔랴 이리저리 오가며 분주했다. 그 광경이 시선을 붙잡아맨 것은 무엇 때문이었을까?

가까이 다가가 들여다보니 리어카엔 갈치와 황석어와 생태가 절반도 팔리지 않은 채 남아 있었다. 걸걸한 목소리로 외치던 여자는 나를 보자 만원에 세 마리 팔던 갈치를 네 마리 주겠단다. 가족이 좋아하는 갈치이니 그걸 사고 싶긴 하나 크기가 작아서 선뜻 내키지 않았다. 구이를 하려면 좀 더 큰 것이어야 했다. 더구나 갈치는 싱싱하지 않아 내장이 삐져나온 것들이 많았다. 여자의 태도로 보아 갈치를 손질해줄 것 같지도 않았다. 순간, 번거롭다는 생각이 들었다. 몇 걸음만 옮기면 잘 손질된 갈치를 살 수 있을 거란 생각에 돌아서려 했다. 그때였다. "이 호랭이 물어갈 년아, 어쩌자고 대낮부터 술을 퍼먹고 그려. 이것 오늘 못 팔면 어쩐다나." 무엇이 나를 붙들었을까. 여자의 푸념이 끝나기가 무섭게 나도 말했다.

"아줌마, 갈치 주세요. 근데 토막 좀 내주세요.", "오메 어쩔거나. 저것이 칼질이나 헐 수 있을랑가 몰라. 아야, 어서 와서 이것 좀 손질해라."
여자는 망설이던 내가 그냥 돌아설까봐 조바심치는 눈치였다. 갈치 네
마리를 집어 주인으로 보이는 젊은 아낙 앞으로 던졌다. 어둠에 가려 표
정을 알 수 없던 아낙이 도마를 꺼내며 휘청거렸다. 피식, 흔들리는 자신
의 몸에 자조적인 웃음을 흘리는 아낙의 얼굴을 그때서야 쳐다보았다.
서른 초반의 나이. 도마는 오늘 한 번도 사용하지 않은 것처럼 깨끗했다.
굼뜬 동작으로 아낙이 그 위에 갈치를 올려놓았다. 길이가 긴 갈치는 좀
체로 반듯하게 놓이질 않았고, 갈치 네 마리를 도마에 올려놓고 가지런
히 잡아보려는 아낙은 자꾸 헛손질을 해댔다.

  "저러다 손을 베면 어쩌죠?" 나는 걱정이 되면서도 그냥 가져가겠다
는 소리는 선뜻 나오지 않았다. "젊은 것이 오죽허면 대낮부터 저렇게
술을 먹었을 것이요잉?" 여자가 미안한 듯이 내게 아낙의 상황을 이해시
키려 했다. "술, 마실 수도 있지요. 너무 야단치지 마세요." 그리고 그 다
음 말들은 내 목울대로 삼켜버렸다. 어느 시인의 시 한 구절같이 잡지의
표지처럼 통속한 게 인생이라고 말해버리면 서른 초반의 여자에겐 너무
가혹한 것이겠지. "그렇지요? 술 마실 수도 있지요잉? 에이 한 마리 더
줘." 아낙이 혀 꼬부라진 소리로 말했다. 한순간일망정 내 마음을 그녀가
읽어서였을까. 자신을 이해해주는 내 말 한 마디에 헛손질하던 아낙은
원군을 얻은 듯한 기분인지 갈치를 한 마리 더 얹어주었다. 더 준다는 걸
뿌리치지 못하고 속없이 나는 갈치 다섯 마리를 들고 집으로 돌아왔다.

  저녁 준비를 하며 갈치를 다시 다듬었다. 갈치는 내장이 삐져나오기
도 하고, 크기도 일정하지 않았으며 칼자국은 한없이 비뚤어져 있었다.
그것들을 하나하나 씻으며 나는 아낙의 마음을, 그녀의 어깨에 얹힌 생

활의 무게를 만지는 것 같아 매우 후회스러웠다. 어차피 집에 와서 손질할 것이라면 까탈 부리지 말고 그냥 가져올 걸. '네가 호랭이 물어갈 인간이다.' 누군들 그런 순간 없이 완벽하게 살아갈까마는 내 앞에서 헛손질하며 느꼈을 젊은 아낙의 비애스러움을 생각했다. 산다는 것은, 때로 취하기도 하고 비틀거리기도 하고, 헛손질이 잦기도 하는 남루한 것이기도 하지만 그래도 오늘밤은 젊은 아낙의 헛손질이 자꾸 눈에 밟혀 쉬이 잠들지 못할 것 같다.

보랏빛 조끼로 남은 당신

　당신을 생각하면 시나브로 눈물이 솟구칩니다. 그 물기가 응집되려고 가슴이 뜨거워지면 나는 애써 생각을 돌리거나 스스로에게 딴지를 걸어도 이미 생겨버린 눈물을 억제하지는 못합니다. 그럴 때마다 자신을 책망하게 됩니다. 왜 나는 당신을 사랑하지 못하는지, 매를 맞는 심정으로 아프게 자신을 돌아봅니다. 그러나 사랑은 생각이나 노력으로 되는 게 아니라는 것을 알만큼 나도 인생을 살았습니다. 사랑의 눈빛 한 번이, 사랑한다는 몸짓 한 번이, 백 번 사랑한다고 말하는 것보다 더 효과적이라는 것을 아니까요.

　내가 더욱 절망하는 것은, 당신과 나의 힘으로는 우리의 사랑을 완결할 수 없다는 느낌 때문입니다. 너무 많이 사랑해서 괴로운 사람도 있는데 우리는 사랑해야 하는데 사랑하지 않아서 괴로운 사이입니다. 인간은 유한한 존재이고, 그 유한성이 나를 더 슬프게 합니다. 왜냐하면 우리도 자꾸만 쇠해가고 있어서 우리의 인연도 언제까지일지 기약할 수 없기 때문입니다. 인연이 다하면 당신이 먼저 떠나고 나도 떠나서 언젠가는 흔적도 없이 소멸되겠지요. 우리가 존재하는 사이 우리의 사랑을 확인하고픈 내 헛된 욕심이 나를 또 슬프게 합니다. 늘 당신의 사랑을 확인하려다 좌절하고 말아 나는 이제 체념의 단계에 이른 건 아닌지 모르겠어요. 사랑이 필요한 유년의 결핍은 그걸 채우지 못하면 언제까지나 빈 동공으로 남는 모양입니다. 사랑 타령을 하기엔 징그러운 이 나이에도 여전히 당신의 사랑을 갈구하고 있는 자신을 보며 스스로도 어처구니없어 하니까요.

방금 당신을 배웅하고 돌아와 보니 거실 탁자에 보라색 조끼가 덩그마니 눈에 들어옵니다. 또 다시 울컥 눈물이 쏟아집니다. 그 눈물에는 많은 뜻이 스며 있을 것입니다. 좀 더 따뜻하게 사랑하지 못한 죄책과 혹여 당신의 존재감에 상채기가 남지 않았을까 하는 안타까움 때문입니다. 당신이 나와 함께 지내는 동안에도 우리는 손발이 맞지 않는 두 사람이 발 묶고 달리기를 하는 것 같았습니다. 내가 이야기를 하고 싶어 하는 내용에 대해서 당신은 입을 다물고, 그렇잖으면 바쁜 나는 대부분 컴퓨터 앞에 앉아 뭔가를 채워 넣느라 용을 쓰곤 했으니까요. 그럴 때, 당신은 거실에서 굽은 허리를 더 구부리고 앉아 침침한 눈으로 그 작은 바늘 코를 찾아 한 땀 한 땀 옷을 지으셨지요. 그러니 내 마음이 얼마나 슬프겠어요? 조끼가 꼭 당신 모습 같아 나는 가슴을 두드립니다. 그것 밖에는 아무것도 할 수 없었습니다.

당신이 내 집에 머무를 때 소일거리로 뜨개질을 하시겠다기에 내 조끼를 만들어 달라 했지요. 시내에 나가 실과 바늘을 구하는데 그 비용이 옷을 사는 것보다 더 들게 되자 당신은 차라리 사 입으라고 하시더군요. 내가 옷이 없어서 그랬겠어요? 어떤 대가를 치르고서도 구할 수 없는 것이 있잖습니까? 돈으로 살 수 없는 그걸 위해 나는 당신에게 내 옷을 맡긴 것이지요. 당신이 손수 짜주신 옷을 입어보고 싶었던 게지요. 당신의 정성이 담긴 옷을 입으며 내 비어있는 유년의 동공을 채워주고 싶었을 것입니다. 사랑 받지 못해 아직도 웅크리고 있는 내 마음의 한 지점을 그렇게라도 위무하고 어루만져 주고 싶었을 겁니다. 이제, 나도 나를 위해 적극적인 몸짓을 하려 했습니다. 당신은 그런 나를 이해하실 수 있는지요?

당신은 내 존재의 집이었지만, 당신 안에서 나는 한 생을 시작했지만 우리의 숙명은 너무 얄궂어서 서로를 사랑할 기회를 얻지 못 했습니다. 그래서 나는 지금도 당신에 대한 허기를 느끼고 있는 걸까요? 나는 당신을 갈망하지만 당신은 이제 내게 줄 에너지가 남아 있지 않아요. 당신과 나는 왜 이리 만나지 못하는지 모르겠어요. 당신이 나를 껴안아 줘야 할 땐 서로의 운명 때문에 같이 살거나 사랑할 여유가 없었고, 이제 내가 당신을 사랑해야 할 때인데 사는 일이 더 급급해서 당신을 바라보고 있을 수가 없습니다. 이 무슨 운명의 장난인가요? 그런 당신이 내 집에서 잠시 머물다 가시니, 이제야 또 안쓰럽고 연민스러워집니다. 우리는 이처럼 마음의 교집합이 불가능한 운명인가 봅니다. '헤어지면 그리웁고 만나보면 시들하고 ……' 내가 어렸을 때 당신이 잘 부르던 노래의 가사처럼 말입니다.

당신이 눈앞에 있을 땐 사랑 하지 못하고, 멀리 있을 땐 안타까워 눈물 흘리는 이 아이러니한 우리의 관계를 나는 이제 운명이라 지칭합니다. 그것이 운명이라면, 나는 안타깝지만 이제 인정하고 나의 생각을 바꿔야 합니다. 당신이 내게 흠뻑 적실 수 있는 풍요로운 사랑을 줄 수 없는 운명이었다면, 나는 이제 그 운명을 받아들여 내 결핍 속의 당신을 놔 줘야 합니다. 사람의 힘으로 어찌 할 수 없는 것이 사랑이기 때문입니다.

그러나 이제 내게는 당신을 대신해서 나를 위로해 줄 수 있는 보랏빛 조끼 하나가 생겼습니다. 당신의 생을 표징하는 환유의 기호 같은, 거칠고 딱딱해진 손으로 내가 입을 조끼를 뜨는 당신의 모습도 내 가슴에 꼭꼭 담았습니다. 당신으로 인해 내가 서글퍼질 때가 있으면 그 때에는 이 보랏빛 조끼가 나에게 위안을 줄지도 모릅니다. 어쩌면 이 추억이 서글픈 운명을 뛰어넘어 우리의 사랑을 복원시켜 줄지도 모른다고 나는 억지라도 부리고 싶은 심정입니다. 그 누군가에게라도 말입니다.

반쪽의 영혼을 찾아서

— 계면쩍고 어긋난 세 개의 에피소드 —

1.

휘영청 밝은 달빛 탓인가. 뒤척이다 눈을 떠보니 유리창 가득 쏟아지는 9월의 상현달빛이 신비롭다. 달빛 아래 나무의 그림자들이 바람결 따라 흔들리고 있다. 가끔 잠에서 깨어나 이런 순간을 맞는 일이 즐겁다. 세상이 고요하게 쉬고 있는데 홀로 깨어있다는 것이 스스로에게 어떤 의미를 부여하는 것인지도 모르겠다. 밝은 낮의, 지독한 현실에 대한 역설적 행복으로서의 어둠을 사랑하는 심리인지도. 곧바로 옅은 코 고는 소리에 나는 현실로 돌아온다. 때로 그 소리 때문에 잠들 수 없다고 군시렁거리기도 하지만 이미 익숙해진 두 사람의 자리다. 곤히 잠든 그의 평온한 얼굴을 무연히 바라본다.

30여년을 같이 산 사람이다. 때로는 낯설며 지루하고, 때로는 연민스러우며 얄밉고, 때로는 불편하면서도 반가운 존재. 무촌 간, 그래서 무방비 상태로 보면 언제나 내 편이어서 멋대로 굴어도 괜찮을 것 같은 사람이기도 하다. 같이 있으면 귀찮고, 없으면 허전한 것으로 보아, 두 몸의 두 영혼이 한 사람으로 살려 하는 건 아닌지. 서로에게 얼마나 큰 멍에였을까. 같이 살아오면서 어려움을 겪을 때마다, 상대가 내 마음에 들지 않을 때마다 그를 탓한 경험은 얼마나 많던가. 사람의 관계는 상대성을 갖는다는 것을 잘 알면서도 자신을 성찰하기보다는 상대 탓하기 급급한 세월이 얼마였던가. 다행히 그렇게 생각했던 어둡고 긴 통로를 빠져나와 내가 느끼는 고통이, 미흡함이, 상대를 탓하는 모든 것들의 원인이 내게 있음을 알게 되었으니 얼마나 다행인가.

대체로 어이없고 하찮은 우연들로 인해 우리의 삶이 방향을 바꾸듯, 사랑에 대해 아무것도 기대하지 않고 있는 사람들이 쉽게 사랑에 빠지는 것일까. 그 때, 겨울이라는 계절이 정수리에 와 있을 때였다. 함박눈이 쌓인 아침, 혼자 사는 썰렁한 방문을 걸어 잠그고 출근하는 길에 순간적으로 네흘류돌프 백작을 떠올렸다. 하얀 눈길이, 뒤늦게서야 휴머니티를 되찾은 그가 카츄샤를 찾아 눈보라치는 시베리아 벌판을 달리던 그 광경을 떠오르게 한 것일까. 아님 필연에 대한 예감이었을까. 그 날 퇴근길에 내 상상 속의 네흘류돌프를 닮은 그를 처음 만나 데이트를 하게 되었다.

2.

정신분석학자 라캉은 사랑을 무의식에 얼룩이 생긴 것이라 했다. 우리가 흔히 말하는 콩깍지라는 것이다. 콩깍지에 눈이 가려지지 않으면 결점 투성이의 인간들끼리 사랑하다 결혼까지 하기는 어렵다. 사랑은 늘 변화하고 이동하고 되풀이되면서 끊임없이 다른 모습으로 완전히 죽어버리지 않고 영원히 되살아나는 조건을 가지고 있기 때문이다. 그래서 결혼 후에도 다른 사랑에 한 눈 팔고, 때로는 그 에너지로 생을 지탱하기도 하잖던가! 우리는 매 번, 반드시 사랑하는 단 한 사람과 사랑을 창조해 낸다. 매순간마다, 유일한 현장 속에서, 각자가 먹는 나이로. 그래서 사랑에 대해서 말한다는 것은 지난 일이라 할지라도 상처로부터 가능한 것이다. 어쨌거나 제 정신이 아닌 절정의 상태가 되었을 때 우리는 결혼을 선택한다. 그것을 흔히 운명이라, 팔자라, 인연이라 일컫지 않던가. 결혼이라는 함정으로 이끌고 간 뒤, 당연히 열정은 식어버리는데 그 때의 우리는 그 사랑을 선택한 나를 타자 취급하는 것으로 자신을 위로한다. 이를테면 콩깍지 탓이라는 듯.

사랑의 신 큐피트는 이미 활을 당겼고 시위를 떠난 화살은 내 가슴에 꽂혔다. 사랑의 묘약은 온몸에 퍼져 나 역시 여느 사람들처럼 귀가 멀고 눈이 멀었다. 누군들 그러지 않으면 결혼이라는 엄청난 일을 감행할 수 있겠는가. 우리가 만난 첫날, 그는 나에게 자신 생에 대한 결핍을 가감없이 내보였고 내 사랑의 시작은 그를 보듬어주고 싶은 애잔한 연민으로부터 시작되었다. 이미 사랑이 주는 초월적 힘이 나의 이성을 넘어서버린 것이다. 아버지를 그리워하며 가슴앓이를 한 나와, 어머니를 잃고 할머니의 빈 가슴을 더듬으며 자란 그와의 만남은, 아픔을 가진 자들의 유대감으로 탄탄하게 묶어 주었다.

가난에서 오는 불편함은 아무것도 아닐 정도로 우리의 뜻은 별로 맞지 않았다. 서로 다른 사고와 자란 환경 때문에, 결핍이 적은 평범한 가정에서 자란 사람에 비해 갈등이 더 많았고, 남편은 지극히 현실적인 데

반해 나는 현실에 안주하지 못하는 사람이었다. 젊은 날, 우리는 서로 만나지지 않는 평행선을 달리면서 갈등을 계속할 수밖에 없었다. 내 자유로운 영혼이 더 이상 못 견디겠다고 항거할 때, 어느 날인가 나는 이혼을 하자고 제의했다. 그는 나를 물끄러미 바라보더니 내 말에 대해 코웃음으로 대답했다. 철없는 아내여, 삶이 무엇인지 알고 있니?라는 듯이.

아이들이 태어나자 그들에게 정신을 팔던 어느 날, 남편의 양말을 비벼 빨다가 땀에 찌들어 뻣뻣해진 발가락 부분에 구멍이 난 것을 보고 나는 소리 죽여 한참을 울었다. 내가 꿈꾸는 이상적 삶이 무엇이었던가. 그는 가정을 좀더 잘 꾸려보려고, 조각난 자신의 삶을 다시 직조해보려고 하루하루 사력을 다해 살아내고 있는데, 나는 아직도 꿈꾸는 눈으로 세상을 보며 존재의 외로움 타령이나 하고 있다니. 그 날 이후 내가 가지고 있던 막연한 이상과 그리고 내가 옳다고 생각하는 아집과 남편에 대한 내 자존심을 고스란히 접고 진정으로 그의 동반자가 되겠다고 다짐했었다.

이제 세상사 일방적인 일은 그리 많지 않다는 걸 깨닫는 나이가 되었다. 살아가는 그의 방식이 못마땅해도 탓하지 않고, 때로 보고도 못 본 척, 알아도 모르는 척하며 묵묵히 견뎌온 것이 나만의 인내였다고 생각했던 지난 일들이 그에게도 똑같은 시간이었음을 안다. 내 자신 못지않게 그도 내게 하고 싶은 많은 말, 행동을 절제하고 살았음을 짐작한다. 제 주장 쉬이 굽히지 않는 내가 큰 갈등 없이 소신껏 잘 살아온 것도 그가 안과 밖으로 잘 둘러쳐준 울타리 덕분인 줄 안다.

3.

결혼은 몸과 몸의 만남만이 아니라, 분리되어 있던 한 쌍의 제 짝을 찾는 작업이다. 그래서 몸으로 만난 결혼은 몸이 쇠하고 아이들이 떠나면 끝나지만, 영혼으로 만난 결혼은 한 생을 아름답게 갈무리 하게 해준다. 그런 이들의 삶은 조화롭고 윤기가 있다. 그러나 물신주의에 길들여 사는 우리는 영혼의 짝을 찾는 일에 밝은 눈을 갖지 못한다. 마음을 보기보다는 쉽게 눈에 띄는 겉치레적인 것이 우선 조건이 되기 때문이다. 그래서 신화학자 조셉 캠벨이 그랬던가. 사람과 사람이 만나 한평생을 사는 일 자체가 신화라고. 두 사람이 살아가면서 상대를 그대로 봐주고 인정하며 존중하는 일이 얼마나 어렵겠는가. 그럼에도 자신을 죽이고 상대를 북돋아주며 지혜롭게 사는 일이 어찌 신성하지 않겠는가. 누구에게나 결혼은 시련이고, 이 시련은 두 사람의 '관계'라는 신 앞에 바쳐지는 '자아'라는 제물이 겪는 일이다. 이 '관계'안에서 인내하며 통찰하다가 둘은 하나가 된다. 그 여정 자체에 신성이 깃들이지 않을까 싶다.

그는 혹독하게 말한다. 결혼으로 맺은 관계를 인생의 가장 중요한 관계로 치지 않는 사람이 있다면, 그 사람은 결혼을 아직 못한 것이라고. 결혼은 사회적 관계이기보다는 두 사람 영혼의 주관적 관계이기에 중요한 것은 자신들의 주관적 삶이지 타인의 사랑이, 결혼이 어떻다는 말은 필요치 않다. 사랑은 상대적이 아닌, 나의 사랑에 대한 생각과 느낌이 중요하기 때문이다. 그러나 사회적 관계에 인생의 많은 부분을 내주며 사는 현대인들은 당사자들의 내적 관계보다는 타인들과의 외적 관계에 많은 것들을 할애하며 산다.

엄밀하게 보면 결혼은 두 사람의 내밀한 관계가 훨씬 더 소중하고 의미가 있다. 그랬을 때, 개개인의 영혼은 자유로울 수 있기 때문이다. 시련 없는 부부가 어디 있으랴. 같이 살아가면서도 시련의 역경과 영혼의 여유로운 경계를 넘나들다 보니 결혼에도 자유가 내재되어 있다는 것을 알게 되었다. 그 지점에 이르니 비로소 인생이 살만한 가치가 있다는 걸 알게 되고, 그래서 가끔 생은 감탄이고 축복이고 경이롭다는 것을 체험하기도 한다.

이즈음엔 세상사로 티격태격 하다가도 그는 산행길에 오르면 스틱을 꺼내 내 키에 맞는 길이를 만들어 주며, 두 사람 사이에서 그의 존재를 확인하고, 나는 그런 그를 보면서 '저 사람이 내게 지팡이가 되고 있구나' 하는 생각을 한다. 어쩌면 내 생의 지팡이가 늘 되어왔지만 그의 허물만 보던 내 눈이 가려져 깨닫지 못하고 있었을 것이다. 오늘은 내 마음을 고백을 해볼까. 조금 멋쩍어도 농담처럼, 옆에서 가장 든든한 반려자로 살아온 그에게 들려주는 최고의 찬사 한마디를 날려볼까.

엄마였군요?

　오랜만에 두 부부가 함께 만나기로 한 날이었다. 모처럼의 약속을 했는데도 갑자기 일이 생겨 나는 전주에 갔다가 늦게 도착하였다. 나름대로 서둘렀어도 식당에 도착해 보니 약속시간이 30분이나 지나 있었다. 물론 남편이 먼저 나가 자리를 같이 하고 있지만, 약속시간을 정한 사람이 늦는 것은 상대에 대한 예의가 아니기도 했다. 마음 급한 탓에 홀 안을 두리번거리며 남편의 자리를 찾다가 나는 그만 쟁반을 든 도우미와 부딪치고 말았다. 그녀는 출입문을 밀고 들어오는 손님을 보며 인사를 하다가 내가 서 있는 것을 미처 보지 못했던 모양이었다. 다행히 큰 문제는 없었지만 물세례를 받은 나는 다소 당황스러웠다.

　그녀의 안내를 받아 방에 들어가니 메인 요리가 이미 나와 있었다. 도우미에게 내 몫의 세팅을 부탁했다가 취소하고 물김치만 하나 더 달라고 했다. 배가 고픈 상태도 아니어서 남아있는 음식으로도 충분하다는 생각이었다. 그러나 주방쪽으로 사라진 도우미는 좀체 오지 않았다. 늦게 온 대가로 내게 내려진 벌주가 두어 순배 돌고나서야 그녀는 물김치를 가지고 나타났다. 내 앞의 선배가 나를 의식해서인지 너무 느리다고 자기 의사를 표현했다. 내가 보기에 그녀는 매우 불안정하게 행동을 했다. 처음엔 새로 개업한 음식점이어서 아직 직원교육이 서투르다고만 생각했다. 그만큼 그녀는 덤벙댔고, 실수를 하면서도 손님의 주문에는 늦게 대처했다.

방 안에는 우리와 다른 한 팀이 식사중이었다. 동기생으로 보이는 남자 넷은 술이 불콰하게 오르는지 같은 공간에 다른 이가 있다는 것을 전혀 모르는 것처럼 굴었다. 그들의 목소리가 커지니 이야기가 내 귀에도 들어왔다. 그들은 누군가를 발가벗겨 내동댕이치기도 하고, 누군가를 미화하여 구름 위에 띠우기도 했다. 아무개는 어떻게 출세를 했고, 아무개는 어떻게 망했는지 그들의 사생활 모두가 공개되고 있었다. 조금만 들어보면 결국 내게 도움이 되는 이는 좋은 놈이고, 해가 되거나 도움이 되지 못하는 이는 나쁜 놈이었다. 인간은 그렇게 도 아니면 모가 되어가는 존재들인가. 편한 동기생들끼리 술자리에 모여서 하는 소리라 해도 너무 편협적이었다.

곧 일어설 듯하면서도 술 좋아하는 선배는 잎새주 한 병을 더 주문했다. 끓고 있던 그릇에선 국물이 졸아들어 나는 육수를 부탁했다. 옆 테이블에 있던 도우미가 그들이 따라주는 술잔을 받으며 알았다고 대답했다. 선배네가 조금 불편한 기색을 보였지만 우리가 뭐라 할 사항이 아니었다. 그들은 도우미에게 농지거리를 하며 무언가 대답을 요구하고, 쉽게 그 자리에서 보내줄 것 같지 않았다. 음식점에서 밥을 먹는 사람들이 도우미에게 술을 권하는 것도 볼썽사나웠지만 할 일을 못하게 붙잡고 있는 품이 영 마뜩잖았다. 그녀는 미혼인지 기혼인지 가늠하기 어려운 나이로 보였다. 그녀 또한 이러지도 저러지도 못하겠다는 엉거주춤한 태도로 우리의 눈치를 보고 있었다. 그쯤 되자 그녀에게 조금씩 신경이 쓰이기 시작했다. 저 여자는 어쩌려고 저러는 것일까. 결국 주문한 잎새주와 육수는 식욕을 상실한 우리가 그만 일어날까 모의의 눈빛을 교환할 때쯤 나왔다.

선배네가 그만 가자며 자리에서 일어섰다. 옆 테이블의 모습이 가관이기도 했고, 더 이상 술을 즐길 분위기는 사라져 버렸다. 우리는 조금 멋쩍었지만 그게 낫겠다고 생각했다. 남편은 계산대로 가고, 나는 화장실로 향했다. 조금 후에 누군가 화장실에 들어오더니 내가 있는 칸의 문을 세게 잡아당겼다. 볼 일을 보고 일어서려던 나는 당황했다. 다행히 문을 잠그고 있었으니 망정이지 하마터면 꼴사나운 광경을 연출할 뻔했다. 누군지 참, 몰상식하다고 생각했다. 문을 열고 나오니 우리 방 도우미를 하던 여자였다. 참, 예쁜짓만 골라서 한다고 생각했지만 말은 하지 않았다. 절이 싫으면 중이 떠나면 되지. 이 식당에 다시 안 오면 되지. 혼자 생각하며 손을 씻었다.

"민우야, 엄마야."

잠시 틈을 두고

"무서워도 조금만 참고 있어. 엄마 한 시간 후면 집에 갈 수 있어. 그래도 무서우면 텔레비전 크게 틀고 만화 보고 있어. 좀 있다 또 전화할게."

손을 씻던 내 가슴에 작은 파문이 일었다. 서정주 시인의 <나는 다섯 살 때 외로움을 알았다>와 '나도 그랬지'가 동시에 무의식을 헤집고 불쑥 의식의 표면으로 끼어들었다. 하루를 보내는 일이 지루하고 따분한 아이가 혼자 해바라기 하다가, 해설핏 해지면 마루에 앉아 다리를 흔들며 사립문으로 들어올 엄마를 기다리던 모습이 떠올랐다. 외로움, 두려움을 가까스로 눙치려고 다리를 흔들다 까만 고무신이 툭 떨어짐과 동시에 앙앙 울음보를 터뜨리던 아이. 기어이 해는 산 너머로 숨어들고, 어둠이 스멀스멀 밀려들면 서러움에 지쳐 그대로 잠이 들었던 그 시간. 아픈 통증이 작은 회오리를 일으켰다. 그녀의 집엔 엄마를 기다리는 아이가 있었다.

"아, 엄마였군요?"

앞 뒤 없는 내 말에 그녀가 화들짝 놀랐다.

"선생님, 이해해 주세요."

"뭘요? 나는 아무말도 하지 않았는데요."

"제가 잘못하고 있었다는 거 알아요. 제발 컴플레인만 걸지 말아주세요."

"아, 나는 단지 댁이 아이 엄마라는 걸 알았다고 말하고 있는 거예요. 나는 아무 말도 할 생각이 없어요."

"그래도 안심이 안 돼요. 제가 잘하도록 노력할게요."

"글쎄, 우리가 불편했던 건 사실이지만 그뿐이에요. 아이를 두고 온 엄마 맘이 얼마나 불안했겠어요? 그럴 수밖에 없었을 거예요."

엄마, 엄마라는 말 한 마디에 나는 옴짝달싹 하지 못하게 되고 말았다. 그 순간엔 도덕도, 상술도, 이해타산도 그 어떤 것도 모두 무력해졌다. 술기운이 아직 있는 그녀는 나를 붙잡고 계속 말을 하고 싶어 했지만 나는 슬그머니 그녀의 손을 거두고 밖으로 나왔다. 계산을 끝낸 그가 내가 나오지 않자 화장실 앞에 와 서 있었다. 그 옆에는 매니저가 함께 있었다. 나는 혼잣말처럼 '손을 좀 씻느라고 …… 기다렸어요?'라며 이미 마른 손을 옷에 쓰윽쓰윽 문지르는 시늉을 하였다. 참내, 어이없다는 남편의 소리를 귓전으로 흘리며 나는 어리둥절해 있는 매니저의 앞을 성큼성큼 지나 출입문으로 향했다.

다리 위의 사랑

　일상적 일이란 게 끝이 없고, 반복되다보면 그 지루함에 매몰되고 싶지 않아 새로운 기분이나 생각을 찾고 싶어진다. 그럴 때면 무작정 나서서 공원을 향해 걷곤 한다.

　오늘은 혼자 걸었다. 느릿느릿하게. 풀벌레 소리와 흐르는 물소리에 자신을 맡긴 채. 그러다보니 길에 묻혀 밤길엔 잘 느끼지도 못할 만큼 작은 두 개의 다리를 지나고 세 번째 다리쪽을 향해가고 있었다. 길 양 옆으로는 하얀 메밀꽃이 흐드러지게 피어 잠시 허생원과 성처녀의 물레방앗간을 생각했다. 봉평 장으로 가기 위해 산등성이를 넘는 나귀와 조선달, 동이와 허생원의 흐릿한 행렬이 떠오른다. 흐흐, 나도 모르게 웃음이 나온다. 저만치 다리 위에 얽혀있는 두 사람의 형상이 보여서다. 내가 다가가자 두 젊은이는 마지못해 포옹을 풀고 주변 벤치에 가 앉았다. 자리를 옮기면서도 그들은 서로의 몸에서 손과 시선을 떼지 못했다. 하필 그들은 왜 사람들이 오가는 다리 위에서 포옹하고 싶었을까? 가로등이 정면으로 비추는 다리 위에서 몇 발자국만 옮기면 사방이 보이지 않는 어두운 공간인데. 어쨌거나 나는 그들이 사랑스러웠다. 따뜻하게 포옹하고 사랑할 수 있는 시간이 우리에게 얼마나 많이 주어지던가. 그럴 수 있을 때 한껏 사랑하고 아끼고 그리워해야 하리.

공원 막다른 지점까지 갔다가 돌아오는 길, 좀 전에 그랬던 것처럼 젊은이들은 다시 포옹을 한 채 다리 위에 서 있었다. 이번엔 등을 지고 서서 내가 다가가도 모른 척 한다. 그 때 떠오른 단어 하나, 오작교였다.

옥황상제에게는 직녀라는 딸이 있었는데 그녀는 하루종일 베 짜는 일을 하며 살았다. 직녀가 짠 옷감은 눈부시게 아름다웠다. 어느 날, 직녀는 베 짜는 일을 잠시 중단하고 무심코 은하수 건너편의 청년을 보고 첫눈에 반해 옥황상제의 허락을 받아 결혼을 했다. 두 사람은 너무 사랑해 잠시도 떨어져 있으려 하지 않았다. 두 사람 다 해야 할 일을 제대로 하지 않아 하늘나라 사람들은 옷이 부족해지고 견우의 소와 양은 병에 걸려 앓고, 농작물들도 말라죽어 하늘나라가 혼란스럽고 땅의 나라도 어지러웠다. 옥황상제는 화가 나 직녀는 서쪽에서 베를 짜고 견우는 은하수 동쪽에서 살도록 명령을 내렸다. 그들이 용서를 빌었지만 옥황상제의 노여움은 풀리지 않았다. 대신 1년에 딱 한번 칠월 칠일에 만날 수 있도록 허락해 주었을 뿐이다.

그런데 1년을 기다려 만나기 위해 나온 그들 앞에는 은하수가 가로막고 있어 만날 수가 없었다. 두 사람이 슬프게 우는 모습을 본 까마귀와 까치들이 너무 불쌍히 여겨 곧 서로의 몸을 이어 다리를 만들어 두 사람을 만날 수 있게 해주었다. 이름하여 오작교다. 칠석날 저녁 비가 오면 견우와 직녀가 상봉한 기쁨의 눈물이고, 이튿날 새벽에 비가 오면 이들이 흘린 이별의 눈물이라 전한다.

올 칠석에는 비가 많이 왔다. 아니, 해마다 칠석날 새벽엔 가는 비가 오는 날이 많았다. 너무나 사랑해서 떨어져 지낼 수 없었고 그래서 자신의 일마저 제대로 하지 못한 게 죄가 되어 벌을 받아야 했던 견우와 직녀. 그게 사랑인 것을. 사랑하는 이를 만날 수 없는 형벌처럼 가혹한 것이 또 있을까. 진실로 사랑하는 이와 헤어져야 하는 절망은 어떤 것으로도 대신할 수 없을 것인데. 내가 살고 있는 세상에서 그런 사랑이 존재할까. 사랑 하나로 1년을 기다리고, 하루 밤 만났다 헤어져도 닳지 않는 사랑이 있을까. 만났다 하면 백일을 챙기고, 1년을 기념하는 현대 문화의 이면에는 그만큼 짧은 사랑의 기간에 대한 애도의 의미가 담겨 있다. 오래 사랑하지 못할 것 같은 불안감이 내재해 있는. 은하수 앞에 선 두 사람의 만남을 위해 까마귀와 까치가 오작교를 만들어준 것처럼, 보는 이조차 애닯도록 간절한 사랑을 만나보고 싶다. 그들을 위해 내 기꺼이 오작교 되어 주리니.

다리 위의 젊은이들 곁을 지나쳐 오며 나도 모르게 마음에 파도가 일렁였다. 발걸음을 떼며 멀어지는 그들을 자꾸만 뒤돌아본다. 나는 어느 시간쯤에 와 있는가. 내게 사랑할 시간은 얼마나 있는 걸까. 어쩌면 스스로에게 묶여 나는 그런 자유를 반납하고 사는 건 아닌지. 혹여 그런 자유의 시간으로부터 너무 멀리 와 있는 건 아닌지, 슬몃 외로워진다. 타인의 사랑을 구원하려 말고 자신부터 구원하라, 귓불을 간질이는 작은 구원의 소리에 가슴이 먹먹해진다. 잊고 있던 자신의 내면이 파닥이며 되살아나는 느낌이다.

하마 그 젊은이들은 지금 이 시간 오작교의 의미를 자신들의 사랑의 기록에 새기고 있겠다.

밥 삼매경

엊그제 설날이라고 한 것 같은데 벌써 정월 보름이란다. 유년의 기억 속에는 눈 쌓인 장독대에 김이 모락모락 나는 갓 쪄낸 찰밥 시루가 놓여 있다. 열 나흗날 저녁때가 되면 어머니는 갖가지 나물과 오곡밥을 지어 저녁을 먹고, 아이들이 쥐불놀이 하러 나가는 시간에는 찹쌀가루로 전 부칠 준비를 하셨다. 휘영청 밝은 달빛 아래서 강강수월래를 하며 한바탕 놀다가 슬그머니 집으로 돌아와 보면 어머니 혼자 석유 곤로 앞에 앉아 지지직거리는 부침개를 만들고 계셨다. 밥 먹고 돌아서면 배가 고픈 한창 때였으니 어머니 옆에 쭈그리고 앉으면 그 냄새만으로도 군침이 절로 돌았다. 너스레를 떨거나 침을 삼키며 들여다보고 있다가 그거 하나 얻어먹고 마당을 나설 때의 포만감이란 이루 말할 수가 없었다.

절에서는 정월 대보름을 설날보다 크게 여긴다. 한 해의 시작이니만치 1년 동안의 무사함을 비는 의미에서 초사흘부터 시작하는 기도를 회향하는 날이기 때문이다. 모처럼 마음 내어 나도 기도에 동참했다.

점심 공양 시간이었다. 예불시간이 끝나고 전각을 모두 돌아보고 난 뒤에 공양간으로 갔더니 밥이 떨어졌단다. 누군가 밥을 하고 있는 중이니 조금 후에 오라고 했다. 절 주변을 한 바퀴 돌며 산도 구경하고 나뭇가지에 울룩불룩 새싹이 뒤채는 모습도 보다가 다시 공양간에 가보았다. 출입문 입구에 몇몇 보살들이 새로 지은 밥을 솥째 놓고 맛있게 먹고 있었다. 나를 본 그들 중 한 사람이 밥솥에 있는 밥을 먹으면 된다고 말했다. 시장기가 도는 중이었고, 보름이니 먹음직스럽게 담겨있을 찰밥을 예상하며 밥솥을 열었는데 온기도 나지 않는 식은 밥덩이가 눈에 들어왔다. 순간, 밥을 먹고 싶은 마음이 완전히 사라졌다. 그대로 솥을 닫고 밖으로 나왔다.

집에 돌아오는 길에 남편에게 그 말을 했다. 당신이 늦게 왔으니 그렇지. 그래도 어떻게 그럴 수 있어? 그 사람들은 공양간에서 일했으니 따뜻한 밥을 먹어야 하지 않아? 공양간에 있지 않은 사람은 찬밥을 먹어야 해? 남편의 말에서도 그의 불편한 의도가 읽히기에 더 이상 항변은 하지 않았지만 밥을 먹지 못한 섭섭함이 남은 건 어쩔 수 없었다. 아니 차라리 슬픔이라고 하는 게 더 맞는 감정이었다. 내게 생긴 그 감정을 나는 받아들였다. 그게 내 자신의 표현방식이니까. 사실 밥을 못 먹은 것보다 더 큰 서운함은 그 밥으로 내 존재 가치가 우습다는 걸 증명했기 때문일 것이다. 내가 따뜻한 밥 한 그릇도 못 얻어먹는 홀대 받는 사람이었나. 인간은 누구나 제 입에 들어가는 것이 크고 좋은 것이길 바라는 이기적 존재이다. 그걸 알면서도, 사람에 대한 기대를 하지 않는다고 하면서도 어느 순간 나 역시 그 경계에서 무너지고 만다. 그래서 가끔 사람살이에서 섭섭하고 아쉽고 야속하기도 하질 않던가.

삼일 후, 동인 모임에 갔다. 약속시간에 늦을 것 같아 나는 12시 20분까지 가겠다고 전화를 했다. 그리고 도착해보니 식사가 끝난 상태였다. 그 순간 이 자리에 오지말걸 하는 후회가 생겼다. 이번에도 불참하면 너무 오랜 공백이 있을 것 같아 어렵게 시간 내어 달려왔더니 뭐가 그리 급해 식사를 끝냈을까 싶었다. 시간이 없어도 그들과 함께 점심이라도 먹고 와야겠다는 생각을 한 내게는 무엇인가로 한 대 맞은 것 같은 충격이었다. 늘 작품 합평회를 하고 점심을 먹는 모임이었으니, 그 정도 시간은 기다려줄 여유가 있지 않겠는가. 그들에게 나는 어떤 존재일까.

혼자 팥죽 한 그릇을 따로 시켜 먹으면서 왠지 섭섭했다. 그들과 나 사이에 알 수 없는 벽이 있는 것처럼 느껴졌다. 사람살이라는 게 이런 건 아닐 텐데 ……. 20년을 함께 해온 동인들인데도 그 정도의 배려가 없다면 내게는 물론이고, 그들에게도 무엇인가 잘못이 있을 것이다. 서운함과 자기반성이 교차하면서 팥죽 먹는 시간이 그리 편하지 않았다. 관계라는 게 함께일 때 이루어지고 이어지는 것이지 누구 한 쪽의 노력만으론 힘이 빠지고 그러다가 허방이 되기 쉽다. 일이 많아 지쳐있는 날에도 나를 기다리는 그들에게 도움이 되고 싶어 시간을 내어 달려가기도 했다. 그 마음이 서로에게 전달되지 않았다면 관계에서 소통이 이루어지지 않았음이다.

작품 이야기를 하면서도 나는 순간순간 밥 생각에 빠지기도 했다. 요즘 이상하게 밥에 예민해 있는 자신을 보기도 했다. 밥, 밥, 무엇일까? 그러다 문득 그들에게도 까닭이 있었을 거라는 데에 생각이 미쳤다. 식당에서 만났으니 주인의 눈치도 보였을 테고, 누군가 시장기를 참지 못해 먼저 먹자고 했을 수도 ……. 그럭저럭 내색 없이 작품 이야기를 마쳤다.

합평회를 끝내고 돌아오는 길에 함께 탄 차 안에서 한 동인에게 내 섭섭함을 이야기 했다. 그의 대답은 바쁜 사람이니 시간을 절약해주기 위해 나를 기다리는 동안 식사를 먼저 마치자고 했단다. 세상에! 사람과 사람의 생각 차이는 끝 간 데 없는 것이었다. 나는 동인들과 담소를 나누며 함께 밥이라도 먹고 오겠다고 간 자리인데, 그들은 작품 볼 시간을 위해 점심을 먼저 먹은 것이다. 모두가 자신 앞의 문제를 가장 소중하게 여긴다는 것을 알면서도 쓸쓸한 감정이 생기는 것 또한 어쩔 수 없었다.

밥은 사람을 살게 하는 가장 근본적인 양식이다. 밥을 먹지 않고 사는 사람은 없다. 옛날부터 집에서 자는 사람의 밥은 없어도 밖에 있는 사람의 몫은 챙겨두었다. 그것은 집에 없는 사람일지라도 밥을 챙기며 그 사람의 존재 유무를 확인하는 일이다. 오랫동안 돌아오지 않고 있어도 기다리는 사람의 밥을 아랫목에 꼭 묻어두었던 것도 그 때문이다. 어디 그뿐이랴. 현실에선 밥 한 그릇 함께 먹고 나면 비즈니스도 성사되고, 연인이 되기도 한다. 서먹한 관계가 해소되기도 하고, 그 집 식탁에 들어선 사람은 가족으로 받아들인다는 암묵적 약속이 되기도 한다. 그런 만큼 밥 한 그릇으로 인심이 나거나 박탈감을 느끼게도 한다. 인간이 살아가는데 가장 중요한 것이면서도, 가장 찌질한 감정을 불러일으키게 하는 것이기도 하다.

집에 돌아와 주차를 하고 출입문으로 걸어오는 짧은 시간, 나는 파아란 봄 하늘을 보며 혼자 파안대소 했다. 자신에게 보내는 부끄러움과 미묘한 웃음이기도 했다. 밥, 도대체 밥이 무엇이길래 내 20년 동인을 무화시키려 했을까? 내 20년의 흔적을 단절시키려고 했을까? 요즘 내가 뭔가에 예민해져 있는 건 아닌가? 혹여 가난한 시절에 제대로 먹지 못한 밥에 대한 여한이 나를 편협하게 하고, 밥에 집착하게 한 건 아닌지. 차라리 그런 것이었으면 여북이나 좋을까. 타자에 대한 관심이 사라지는 관계성, 혹은 변화된 사람의 문제가 아닌, 나만의 문제라면 내 생각을 바꾸면 될 테니까. 이렇게 말하고서도 나는 여전히 씁쓸하다.

나뭇잎 흔들리듯이

관세음보살, 관세음보살. 내가 내는 소리가 참 듣기 좋다. 관세음보살을 부르는 내 목청이 꽤 낭랑해서 사랑스러울 지경이다. 이 시간이 행복하니 그럴 수밖에 없다. 그럼에도 관세음보살과 관세음보살 사이에 자꾸 헛생각이 끼어든다. 어제 냈던 기말시험 문제가 좀 어렵지 않을까, 시험 범위를 좀 좁혀줄 걸 그랬나 하는 후회가 이어진다. 무엇인가 생각을 하고 있다는 것을 자각하는 순간 옆에서 나는 남편의 목소리에 맞춰 재빨리 합류한다. 다시 관세음보살 정근에 몰두한다. 얼마 지나지 않아 책상에 앉아 공부만 하느라 허리가 아프다는 딸 생각이 불쑥 찾아온다. 달려가 직접 치료해 주지 못하는 어미의 안타까움이 싸아하니 밀려와 가슴에서 소沼를 이룬다. 마음이 움직여 안타깝다는 연민의 감정을 만들어낸다. 그런 감정이 미꾸라지처럼 활동을 하면 방죽은 온통 진흙물 투성이가 된다.

이번엔 좀 더 의지를 굳게 하여 코끝에 의식을 모아 다시 정근을 한다. 몇 번의 흔들림이 지나간 뒤, 겨우 일상의 상념들에서 빠져나와 나의 세계로 들어간다. 그곳엔 그 누구도 끼어들지 않는 오롯한 나의 공간이

있다. 그곳엔 더럽고 깨끗한 것의 구분도 없고, 미추美醜의 구분은 물론
이며 심지어는 선악의 분별도 없을 것 같다. 그러나 나는 너무 오염돼 있
어 그 자리에 머물지는 못한다. 그것은 마치 사람의 입김에도 녹아버리
는 부드럽고 순결한 눈송이 같다. 겨우 눈길로만 일별하고 돌아서야 하
는 내 마음 자리, 상대적인 무엇도 없는 완전한 그곳에 이르려면 나는 수
없이 많은 것을 버려야 할 것이다. 이 시간, 아직 그 마음자리를 밝히지
못한 나는 산소가 부족한 수족관에서 숨쉬기를 위해 수면 위로 자주 고
개를 내밀어야 하는 작은 열대어 같다.

관세음보살을 간절하게 부르던 나는 나를 따라 어디론가 조금씩 흘러
간다. 드디어 물살 따라 춤추던 방죽의 물이 어느 곳에 머물 듯, 내 마음
도 어렵사리 한 곳에 자리를 잡는다. 번뇌의 미꾸라지가 헤집어놓은 방
죽의 물이 조금씩 가라앉기 시작한다. 그 사이로 여전히 물방개비가 헤
엄을 치고 수초들이 흔들거리지만 미꾸라지는 더 이상 머물지 않는다.
나는 저 밑의 바닥으로 고요히 내려가기 시작한다. 내가 가진 맑은 에너
지의 용량대로 갈 수 있다. 침전하듯이 한없이 가라앉는 느낌이다. 그 순
간에 오는 아득하고도 아늑한 평화로움.

어느 순간, 대웅전 나무 바닥으로 스며드는 나지막한 종소리가 들린
다. 나뭇잎 하나 떨어져 잔물결 일 듯, 종소리는 심장 한가운데로 와서
내 몸의 실핏줄까지 스며든다. 온 몸에 파상으로 번지는 저 소리. 나는
그 소리 따라 다시 낮게 낮게 흘러가본다. 고요하게 종을 치는 스님의 마
음에도 들어가 보고, 종소리에 담은 선사들의 뜻도 따라가 본다. 그 종
소리를 듣고 세상의 모든 미물들이 놀라지 않게 깨어나라는 메시지도
헤아려본다. 이제 종소리는 점점 웅장하게 울려 퍼진다. 생명 있는 모든

중생들의 귀를 열어 무명에서 벗어나라는 염원의 소리다. 그 소리들이 내 마음을 투과해 지나는 순간 나는 나를 말끔하게 헹구고 있다.

　나는 이 시간을 참 좋아한다. 기도하는 시간은 무엇을 위한 것이든 간절하고 아름다운 순간이기 때문이다. 나는 이 시간에 내 안에 넘치는 많은 욕심과 이미 내 것이 되어버린 자잘한 생각들과 관념들과, 삶에서 오는 온갖 갈등들을 버리기를 소망하며 기도 한다. 내 기도는 내게 없는 무엇인가를 얻으려는 욕망을 향한 기도가 아니라, 오히려 너무 많이 가져서 나를 힘들게 하는 것을 버리기 위한 것이기도 하다. 무엇인가를 갖기 위해서가 아닌, 나를 옥죄고 나를 놔주지 않는 욕망의 끈을 줄이고, 놓기 위해서이다. 이를테면 생각 버리기다. 내 생을 살아오면서 수없이 많은 사람을 만나고 헤어지는 과정에서 나와 인연으로 사슬이 된 모든 존재들과의 매임에서 풀려나는 것을 기원한다. 심지어는 가장 가까운 가족 관계까지도 말이다. 그래서 영혼이 자유로워질 수 있다면 나는 진정 자유로운 사람이 될 수 있을 것이다.

　그렇게 버리기를 소망하는 기도가 조금씩 발전해가면 나는 내가 서 있는 시간과 공간에 구속받지 않을 수 있을까. 존재들을 만나 사랑하고 헤어져도 마음 다치지 않고, 누가 나를 긁어 흠집을 내도 나는 그 상처자리를 쓰다듬는 자생력으로 초연할 수 있을 것이다. 그게 내가 지향하는 내 모습이다. 그러나 그 초인의 삶은 내게 쉽게 다가오지 않을 것이다. 그게 쉽다면 세상은 온통 도인 천지이겠기에 하는 말이다. 그걸 알면서도 내가 기도하기를 좋아하는 이유는 그 순간의 평온함에 있다. 그 짧은 평정의 시간들이 모아지면 내 마음이 편안하게 쉴 수 있고, 그 평화가 나를 고요하게 정화시켜 주기 때문이다. 정녕 그 순간에는 자신을 맑히는 성숙한 일이 가능하다는 것을 나는 이제 안다.

　세상에 존재하는 모든 것들은 흔들리면서 살아가고 흔들리면서 성숙해진다. 마치 방죽의 연꽃이 진흙 속에서 더 맑은 꽃을 피우듯이. 지금 이 글을 쓰고 있는 순간에도 한 친구는 홀로 키운 자식이 수능시험을 못 봐서 세상 살 의미를 잃었다고 말하고, 한 친구는 남편 몰래 사 둔 주식이 폭락하여 죽고 싶다고 말했다. 모두들 제가 지은 인연대로 살아가는 것을. 몸을 부려 살아온 것에 대한 대가로 병이 들 때가 되면 몸이 아프고, 마음을 너무 많이 쓰고 살아온 결과로 마음이 병들 뿐인데. 늙을 때 늙고, 병들 때 병드는 것을. 문득 엊그제 한 남자를 사랑하는 괴로움을 말하던 후배의 그늘진 얼굴이 떠오른다. 사랑하면 사랑하는 대로, 미워하면 미워하는 대로, 욕망하면 욕망하는 대로, 나나 그들이나 모두 자신이 맺은 인과대로 거둘 것이며, 기쁨도 괴로움도 함께 누릴 것이다. 사랑한다고 고통이 없지는 않을 것이며, 미워한다고 기쁨이 없지는 않을 것이니. 세상에 절대가치나 절대적인 무엇은 없는 것이니, 그저 인연 따라 흐르고 자신이 지은대로 얻는다고 생각하면 욕심내고 종종거릴 것도 없지 않은가.

　물이 아래로 흐르는 속성을 지니고 있듯, 빛이 밝으면 그림자도 짙다. 이렇듯 어느 것이든 존재의 양면에 대한 세상 이치는 오히려 더 명료하다. 한 해가 저물어가는 겨울의 중심에서 어느 날 나는 문득 깨닫는다. 이런 작은 깨달음을 갖게 해주는 것은 나를 성찰하며 살아온 것에 대한 선물인가. 현실 속의 존재로 살아가면서 가능한 한 욕망을 줄이기 위해, 때로는 지금보다 더 많은 것을 버리기 위해, 나는 관세음보살을 염하며 기도할 것이다. 그것의 시작이 나를 위한 기도였을지라도, 내가 속한 세상을 향한 내 최선의 동참 의식이 될 것이다.

표면적 줄이기 2

무등산 아랫마을로 이사 온 후로는 문명과 점점 멀어지고 있다는 생각을 하고 있던 터였다.

나를 밖으로 나오게 하는 일터는 자동차로 5분 거리에 있고, 식료품은 가까이에 있는 가게에서 해결하거나 퇴근길에 할머니들이 펼쳐놓은 길거리장에서 구해오기도 했다. 그러다보니 게으르고 느린 나는 점점 주변 환경에 익숙해져 학교와 집과 가끔 산사나 찾으며 시내에 나가는 일은 거의 없었다. 작심한 것도 아니련만 자연스레 세상과 단절되어갔다. 번잡한 걸 좋아하지 않는다 해도 사회생활을 하는 사람으로써는 좀 지나친 칩거이기도 했다. 그러나 어쩌랴. 가끔씩은 세상사에서 너무 멀리 떨어져 있는 것은 아닌가 하는 염려도 좀 하지만 그것은 잠시 스치는 생각일 뿐 나는 이 생활에 자족하고 있었다. 더구나 생활이란, 문화란 반드시 사람과 물질을 접해야만 이루어지는 것은 아니니까. 집에서도 영화를 보고 문화를 향유하며, 다른 미디어를 통해 세계와의 소통은 가능했다. 사람을 만나면서 일어나는 번거로운 생각이나 관계의 복잡함이 단순하게 살고 싶은 내 일상을 흔들지 않게 하기 위한 자기 방어 수단이라 눙치며 합리화하기도 했다. 어쩌면 대중 속에 들어가 흡수되지 못하는 자의 고육지책의 변명인지도.

그런데 뜻밖에도 강적을 만났다. 일주일에 한 번씩 와서 집안 청소며 살림을 도와주는 도우미 아주머니가 며칠 전에 새로 왔다. 그 아주머니가 요구하는 살림살이 도구의 목록을 주욱 적어놓고 보니 포스트잇에 글씨가 빼꼭히 채워졌다. 자신이 하는 청소나 빨래는 모두 자신이 사용하던 세재나 도구를 써야 한단다. 그 상품들은 모두 최신품이고 자신이 사용해본 결과 가장 좋은 제품이란다. 수세미, 유리 닦는 세재, 밀대, 자신이 마실 커피 등속의 모든 상품명을 나열해 주었다. 뿐만 아니라 낡았거나 사용하지 않는 물건들은 과감하게 버리란다. 자고나면 전날보다 더 좋은 물건이 부지기로 쏟아져 나오니 미련없이 버리고 새것으로 채워가며 산뜻하게 살란다. 나 원참, 이건 누가 주인이고 누가 도우미인지 순간 나도 헷갈렸다. 그런데 그토록 자신있게 주장하는 아주머니가 밉지 않고 어쩐지 내 살림을 나보다 더 잘 해줄 것 같다는 믿음이 생겼다. 도우미에게도 주인을 사로잡는 카리스마가 필요하구나. 그것이 사회구나. 아주머니에게 압도당한 나는 퇴근길에 그녀가 일러준 대로 대형마트로 향했다.

1년에 서너 번 오던 곳이었다. 추석과 설날과 가끔 아이들이 집에 오면 그애들 따라 두어 번. 그 때 나는 필요한 목록을 건네고는 아이들이 움직이는대로 따라다니다 계산이나 해주곤 했었다. 너무나 많은 상품들, 다양한 상표들 때문에 머리가 아파 관심을 갖고 싶지 않았을 것이다. 그런데 오늘은 쇼핑 카트를 미는 일부터 시작해서 혼자 쇼핑을 해야 했다. 필요한 물건을 찾아 다녀야 하니 1층부터 3층까지 샅샅이 살필 수밖에 없었다. 어느 코너를 가나 상품의 다양성은 한계를 모르게 치닫는 것 같았다. 처음엔 메모한대로 물건을 찾고, 모르는 것은 직원들에게 물어서 찾아냈다. 허나 그렇게 큰 마트에도 아주머니가 적어준 물건이 없는 것도 있었다. 그쯤에서 포기하고 싶었으나 착한 주인이고자 했던 나는 그 순간의 갈등을 이겨내고 3층으로 가서 메모지 마지막 줄의 세재류 앞에 섰다.

내 눈을 압도하는 상품들. 기능이 각각 다르고 그 기능에 따른 회사가 다르고 향이 다르고, 찬물에 잘 녹는 것, 더운 물에 잘 녹는 것 ……. 나는 무엇을 선택해야 하는가? 아주머니가 알려준 상품에서도 또 세분화가 되어 있었다. 그새 또 새 물건이 나왔거나 비슷한 것을 기능이 달라졌다고 뻥을 쳐서 포장해 놓은 것인 모양이다. 이를 어쩐담. 광고를 많이 해 인지도가 높은 것을 골라야 하나? 아무거나 기억되는대로? 내가 사용해 보았던대로? 그러고도 최종적으로 확인해야 하는 것은 가격이었다. 그토록 다양한 것들을 살피고 가격 대비 만족도 높은 상품을 선택해야 하니, 아득했다. 점점 근시가 되어가는 눈은 작은 글씨는 읽을 수도 없고 무엇이 더 좋은 것인지 구분할 능력도 없으니 암담할 수밖에.

그것은 그저 세재일 뿐이었다. 빨래를 하는 세재일 뿐이었다. 그런데 그토록 많은 종류가 필요할까. 차이와 다양성 때문? 소비자의 권리를 위해? 자본사회의 경쟁력 때문에? 자본의 이악스런 요술에 편승하는 소비자 탓? 떠억허니 내 앞을 가로막고 있는 그 상품들이 히히 호호 낄낄거리며 나를 비웃는 것 같았다. 그리고 그런 단어들을 관통해서 떠오르는 생각 하나가 있었다. 그토록 나를 줄이기 위해 노력한 것은 뭐란 말인가? 내 노력은 몇 년에 걸쳐 실행중이었는데 지금 이 한 순간 흔들리며 무화되려 하고 있다. 생활을 단순하게 하고 절제하며 겉치레적인 것들로부터 나를 보호하기 위해, 또 내가 살고 있는 이 공간을 조금이라도 덜 오염시키려고 생활용품을 최소화하여 살던 내 습관이 조롱당하고 있는 느낌이었다. 법정스님의 무소유 정신까지는 못 닮아도 소모품 한 가지라도 덜 가져보려는 내 의도가, 내 생활이 혼란을 겪는 순간이었다.

소유 물건을 줄여 공간을 넓히는 일과 영혼의 표면적을 넓히는 것은 등가적이라 생각했다. 가능하면 적게 갖고 최소만 유지하며 단순하게 살 것. 그러다보면 외부로 향하는 마음을 내면으로 끌어와 나를 들여다보는 시간이 좀 많아질 것이며, 시간이 흐르면 그것도 내 몸의 일부가 될 거라 여겼다. 물론 그 믿음에는 변함이 없지만 그 순간 혼란스러운 것도 사실이었다. 어쩌면 나는 소비가 미덕인 이 복잡한 자본 시대에서 도망치려 한 것은 아닌지. 아직 자신을 지키는 힘이 미약하여 맞닥뜨리지 못하고 일찌감치 이 산중으로 피신 온 것은 아닌지. 하마 나는 이 세계에서 부유하는 존재는 아닌지 하는 의혹을 떨칠 수 없었다. 하지만 나는 그날 잠시 흔들렸다가 다시 자신에게로 돌아왔다.

그로부터 두어 달이 지났다. 아주머니의 행동에 그다지 관여하지 않아도 그녀는 더 이상 새로운 물건을 사달라거나 낡은 물건을 버리자고 채근하지 않는다. 첫날의 그 카리스마는 어디로 감췄는지 나를 보는 시선에 애정이 섞여있고 태도는 영 나긋나긋해졌다. 그녀에게 내 모습이 어떻게 스며들었는지 모르지만 이대로 같이 보내는 시간이 더해진다면 그녀와 나는 호흡이 잘 맞는 주중 하루 동거인이 될지도 모르겠다.

오늘도 나는 수업이 끝나자마자 집에 돌아와 뒷산의 능선에 머무른 햇볕을 눈으로 좇으며 가을을 즐기는 여유를 누리고 있다.

2부

그는 누구일까

그는 누구일까

　꽃샘추위가 기승을 부리던 3월 어느 날, 지인을 만나기 위해 광천동의 한 건물을 찾아가던 중이었다. 발걸음을 늦추어 건물 이름을 확인하던 중 한 탁발승과 마주쳤다. 그는 비구니였다. 승복을 입었으나 옷은 오랜 시간의 흔적으로 남루해 보였고, 작고 왜소한 몸과 절뚝거리는 다리가 자꾸 시선을 비끄러맸다. 낡은 털신 속에 발목까지 올라온 푸른빛이 도는 흰 양말이 왜 그리 춥고 외롭게 보이던지. 어쩌면 작고 마른 몸 탓에 그의 흰 양말이 유난히 눈에 띄었는지도 모르겠다. 어쨌거나 그와 나는 서로의 일을 위해 같은 블록에서 거리를 좁혀들고 있었고 나는 본의 아니게 그의 행동을 엿보게 되었다. 저만치서부터 탁발 삼아 문을 밀고 들어가는 가게마다 거절당하고 나오는 모습을.

　내가 찾던 건물 앞에 섰을 때 그는 그 가게에서도 허방 짚고 나오는 중이었다. 나도 모르게 지폐 한 장을 꺼내 합장하고 두 손을 내밀었다. 그러나 그는 짧은 순간 내 눈을 무연히 들여다보더니 합장으로 답하며 고개를 흔들었다. 순간 나는 어떻게 해야 할지 몰라 당황했다. 그냥, 드리고 싶어서요. 불쑥 나온 말 또한 한없이 궁색했다. 그래도 그는 고개를 저으며 연거푸 합장만 할 뿐이었다. 그의 의중을 짐작한 나는 합장하고 그대로 돌아섰다.

그 작은 사건은 이상하게도 내 마음을 오래도록 잡아두었다. 그를 떠올릴 때마다 그의 하얀 양말이 불쑥 기억에서 치솟기도 했다. 뿐만 아니라 그의 거절은 나를 돌아보게 했다. 행여 지폐 한 장에 어줍잖은 생각이 들어 있었던 것은 아닌지. 옹색한 자기만족이 끼어들었던 것은 아닌지 ……. 그러나 내가 마음 낸 순간 나는 어떤 의도도 직조해내지 않았음을 자인한다. 참된 수행자라면 어느 종교, 어느 누구에게도 똑같은 마음일 것이다. 가게의 문을 열 때마다 합장하고, 문을 닫고 나오며 합장하는 그의 행위에는 탁발승의 무심함과 일상적 삶에 대한 경건함이 그대로 배어 있었다. 여러 가게를 전전하며 빈손으로 나올지라도 그의 태도에는 변함이 없었다.

그리고 시간이 흘러갔다. 어느 늦가을, 가로수의 은행잎이 도로를 노랗게 물들이던 날이었다. 나는 방림동의 도로변 상가에서 그를 또 만났다. 나는 왜 여전히 그가 반가운 걸까? 흰 양말에 같은 승복 차림이었다. 봄에 보았던 것처럼 그의 탁발은 여전히 난부득으로 보였다. 그의 태도 역시 조금도 변함없이 공손하게 문을 열고 합장했다가 문을 닫고 돌아서기를 반복하고 있었다. 장소만 다를 뿐 그의 삶은 하나도 달라지지 않았다. 나 역시 거절당한 경험의 기억을 그대로 가지고 있었지만 나도 모르게 지폐 한 장을 들고 그의 앞에 섰다. 그것은 어떤 생각이 있어서가 아니라 자동적이었다. 오직 그러고 싶은 마음만 있을 뿐이었다. 다른 게 있다면 지폐의 숫자가 봄에 비해 반으로 줄었다는 사실이었다.

그와 나의 시선이 한 곳에서 섬광처럼 스쳤다. 세상에서 가장 온화한 눈길이었다. 그리고 아무런 욕망이 없는 무심한 눈이었다. 그런 눈동자를 언제 만난 적이 있던가. 그의 눈길 아래로 합장한 그의 손을 보았다. 목탁을 두드리던 손이라곤 믿을 수 없을 만큼 작고 애처로웠다. 아니 절제하고 절제해서 더 이상 마르면 나뭇가지가 되어버릴 것 같은 손가락이었다. 그제서야 그가 합장을 풀고 지폐를 받아들었다. 그 순간 세상에서 가장 작고 보잘것없는 한 사람이 내게는 큰 사람으로 다가왔다. 그 까닭은 나도 온전히 설명할 수 없다. 말하다 그 감동을 놓치는 한이 있어도 설명해야 한다면 궁색한 이런 표현이나 가능할까. 사람들의 냉대에도 흐트러짐 없는 행위, 타인의 도움을 청하면서도 자신이 생각하는 기준이 넘친다 싶으면 거절할 수 있는 용기와 무욕의 모습, 늘 변함없는 정갈함과 당당함이 생 속으로 흘러들어 흔들리지 않는 표정 ……. 합장하고 돌아서는 순간 나는 그가 관세음보살이라 생각되었다. 넘치고 넘치는 물질 속을 유영하면서도 늘 결핍으로 방향 감각을 상실해가는 내가 나를 보는 순간이기도 하다. 가장 가열찬 수행자적 삶을 살아가는 그에게서 내 모습을 찾고 싶어하는 내 마음을 본다.

발자국

겨울

12월, 첫눈이 탐스럽게 쏟아진다.

예기치 않은 선물을 받는 느낌이 이럴까. 거실에 앉아 내년에는 풍년이 들겠구나 하고 혼잣말을 한다. 그러면서 피식 웃는다. 옛사랑을 떠올린다면 모를까, 첫눈을 보며 풍년을 읊조리다니. 연륜은 사람을 느슨하고 둔하게 만들기도 하지만 조금은 따뜻하고 이타적인 면모를 갖게 하기도 한다는 생각에서다. 언제부턴가 가뭄이 들면 싹을 틔우고 제 몸을 키울 생명을 염려하고, 날씨가 더워지면 연료를 연소시키며 오염될 환경을 생각하고, 기온이 내려가면 지하도에서 신문을 덮고 자는 노숙자를 생각하게 된다.

내 자리, 작은 책상이 놓인 거실 한 쪽에 앉아 앞산을 바라본다. 한 지인이 그 산의 능선이 하도 예뻐 이사하게 되었다는 수려한 산이다. 황진이의 눈썹이 저리도 고왔을까. 아니 서정주의 '동천'을 품은 산이다. 도로를 사이에 두고 시야에 들어오는 산과 나무가 흰 눈과 어우러져 아름다운 풍경을 만든다. 행여 그 사이 눈이 쌓였을라 창밖을 보니 눈은 자취도 없다. 세상의 열기가 모두 흡수해버린 탓이다. 하늘에서 내려오는 나비 같은 흰 눈은 땅에 떨어지는 순간 사르르 녹아 스며든다. 굳이 발자국을 남기려 앙탈부리지도 않는다. 욕심이 없으니 미련도 원망도 없다. 베란다 가까이 서서, 무등산에서부터 흘러내려오는 개울물을 보니 하아, 그 새 많이 불어 있다. 저 순백색의 눈은 이미 알고 있었던 게다. 자신의 존재가 땅 속으로 스며드는 일은 영원한 소멸이 아니라는 것을. 내일 아침에는 더 많은 왜가리를 볼 수 있겠다는 기대에 나는 덩달아 행복하다.

가을

10월, 소멸하는 것들은 모두 아름답다.

산길을 걷고 있는데 미풍에 제 몸을 싣고 날아와 사뿐히 내려앉는 단풍잎이 곱다. 아니 예쁘다. 제 스스로 와야 할 때 오고, 가야 할 때 갈 줄을 알기 때문이다. 사람이 그렇고 자연이 그렇고, 생명 있는 모든 것들이 그렇다. 생의 마지막 순간은 사람을 비롯하여 모든 것들에게 존재한다. 소멸의 순간이 있기에 생명체의 아름다움 또한 존재할 것이다. 변화하고 유한한 것, 그래서 욕심껏 자신을 뽐내거나 돋보이려 최선을 다해 살아내지 않던가. 그리고 난 후 스스로의 생을 깔끔하게 미련 없이 놓을 때, 그러한 생을 보낸 자연에게, 사람들에게 우리는 존경의 눈빛을 보낸다.

늦가을, 산장에서부터 규봉암을 휘돌아 장불재를 경유하니 무등산 등

허리를 한 바퀴 돌게 되었다. 선홍빛의 단풍과 암갈색의 나무들을 보며 가을의 발자국을 따라가 보았다. 떨어진 나뭇잎 자리에는 새봄에 움틀 생명의 터가 자리 잡고 있으리. 소멸의 순간은 재생의 순간을 위해 존재하나니. 그 깊고 오묘한 한 수레바퀴가 어찌 슬픔이나 기쁨, 아름다움 따위의 빈약한 언어들로 표현될 수 있을 것인가. 그저 작은 생각 하나를 넌지시 남기려 했을 뿐.

여름

8월, 무성한 것들은 소용돌이를 일으킨다.

그래서 한여름 숲 속에 들어서면 현기증이 인다. 나무들이 혼신을 다해 내뿜는 정열의 에너지가 숨막히게 한다. 그것은 여름 생물들이 주는 메시지를 읽는 자에게만 가능한 숨가쁨이다. 충만함을 온몸으로 받을 줄 아는 자의 특권이다. 날숨과 들숨을 반복하며 폐부 깊은 곳까지 스며든 여름 냄새를 맡는다. 여름 냄새, 그것은 열정이다. 산하 어디를 둘러봐도 짙푸른 성숙함이다. 그 성숙은 완숙의 과정을 거쳐 미래의 소멸 단계와 연결된다.

'가을'에서 소멸하는 것은 아름답다고 하였다. 그 아름다운 이유 중의 또 한 가지는 여름의 열정에 있다. 살아있는 동안 혼신의 열정을 사르는 시기가 여름이기 때문이다. 대나무가 꽃을 피우고 죽음을 맞이하듯, 사마귀가 혼신을 다한 교미 끝에 자신의 존재를 암컷에게 전이시키고 죽음을 맞이하듯, 소멸의 순간 전에는 생의 꼭지점이 존재한다. 사람의 변이 과정은 서서히 진행되어 우리는 가시적으로 느끼지 못하지만 인생도 어느 지점에 절정의 시간들이 존재한다. 이 무성한 시기의 생명은 나이테를 만든다. 생의, 살아있는 날의 흔적을 남기는 것이다. 존재에의 흔적을 생성하는 일, 여름의 발자국이다.

봄

5월, 환희의 순간들이다.

생명 가진 만물이 용트림을 시작하고도 두어 달이 지났다. 그 사이 가슴속까지 화안하게 밝혀주던 개나리가 지고, 열정을 수줍게 태우던 진달래도 졌다. 온전한 몸을 지키지 못하고 상처 난 몸체를 보이느니 차라리 요절하고 말겠다는 듯, 뚝뚝 꽃잎을 떨어뜨리는 자목련도 미련없이 한 생을 다하였다. 추월산의 산벚꽃은 만월의 호수를 보는 것처럼 혼몽하게 했다. 그 즈음, 늦봄의 햇살까지 가세해 세상은 나른한 마술에 빠져들었다. 그렇게 아름다움 천지인 세상에서 지상에 발 딛고 서 있느라 나는 필사적이었다. 봄은 그렇게 제 발자취를 빠짐없이 재현했다.

5월의 마지막 수요일이었던가. 전 날 비가 와서 세상의 모든 것들이 말끔하게 제 모습을 정리했다. 학교 뒷산의 소나무들은 한층 더 짙푸르러졌다. 오후까지 수업을 하고 지친 몸으로 터벅터벅 걸어 주차장에 도착했다. 긴긴 봄 해는 서산에 걸려 있었지만 아직 그 기운이 창창해 나는 두 눈을 찡그리며 구석에 두었던 차를 찾아 리모콘을 작동시켰다. 차를 향해 걸으면서 보니 차는 온통 누런 먼지를 뒤집어쓰고 있다. 매스컴에서 보던 꽃가루 세례를 야무지게 받았다는 생각으로 피식 웃음이 나왔다.

그러나 다음 순간, 환희였다. 누가 그렸을까, 저 아름다운 그림을. 어쩌면 그리도 앙증스런 자취를 남겼는지 아하, 하고 탄성이 절로 흘러나왔다. 누가 그리도 오종종한 발자취를 만들 수 있을까. 하루 종일 노오란 송홧가루를 뒤집어쓴 차체에 참새 두세 마리가 내려와 잠시 노닐다 간 모습이었다. 노란 물감 위에 찍힌 그 발자국은 사랑하는 이를 앞에 두고 너무 황망하여 종종거린 모습도 아니었고, 너무 점잖아서 앙큼 떠느라 제 모습을 보여주지 못한 못난 모습이지도 않았다. 적절히 사랑하고 아쉬움을 남긴 채 날아간 참새의 발자국. 사랑스러운 봄의 발자국이었다. 그야말로 조화를 아는 새들의 조홧속이었다. 노란 송홧가루 위에 새긴 새들의 발자국, 봄의 발자취에 홀려 나는 현기증이 일었다.

오솔길 따라 밤길 거닐어

잦은 봄비가 그치고 모처럼 햇볕 좋은 봄날 오후였다. 순환로를 타고 집으로 돌아오다가 문득 들에 나가 봄나물을 캐고 싶어졌다. 바다와 들판을 보며 자란 습성이 몸 어딘가에 숨어 있다가 가끔씩 발동하여 갯벌에 나가 꼬막을 잡거나 바지락을 캐고, 들에 나가 봄나물을 캐고 싶게 한다. 그러나 그런 기특한 충동에 자신을 내맡기기에는 현실과의 벽이 너무 두터워 실행하지 못하기 일쑤다. 무엇인가에 대한 기대나 아쉬움은 그 욕구를 실현하지 못할 때 더 강렬해지는 것이니 바다나 들판으로 달려 나가고 싶은 내 그리움도 점점 깊어질 것이다.

몸이 지쳐 있어 밖으로 향하는 마음을 다잡고 집으로 들어왔지만 자꾸만 눈길이 베란다 너머를 기웃거리기에 슬그머니 일거리를 눙쳐두고 밖으로 나왔다. 반드시 당위성을 갖는 일이 아닐지라도 하고 싶은 일이 있을 때에는 이제 자신에게도 좀 너그러워지자는 자기합리화를 하는 자신에게 웃음을 보내며. 해 질 무렵이어서 바람이 더 차가워졌다. 벌써 저녁식사를 하러 사람들이 아파트 주변의 식당에 모여드는 모습도 보였다. 그곳을 지나 작은 길을 끼고 도니 몇 채의 집들이 옹기종기 모여 있는 골목길이 나왔다. 그 길 따라 주욱 올라가면 들로 통하는 오솔길이 나오고 또 그 길 따라 계속 올라가면 무등산 자락에 있는 전망대가 나오고, 그 등성이를 넘어가면 바람재가 나올 것이다. 몸은 골목길을 지나면서 생각은 벌써 바람재까지 가 있다.

골목길 양 옆으로는 허술한 집들이 있었는데 담장도 없는 채전인지 화단인지엔 머윗대가 아기손바닥만한 이파리를 키우고 겨울을 이겨낸 상치가 고만고만한 모습으로 눈에 들어왔다. 그 곳을 지나는데 어디선가 나를 매혹시키는 매화향이 강하게 스쳐갔다. 담장 낮은 집 작은 마당에 흰매화가 열병이라도 앓듯 오종종한 꽃들을 나무 가득 피워내고 있는 중이었다. 그것만으로도 나는 금세 기분이 좋아졌다. 하루를 마무리하는 이 시간에 나를 행복하게 하려고 이 자연들이 나를 부른 것일까. 자연이 아니라면 어느 누가 이렇게 타산 없고 아름다워 평안한 기쁨을 누리게 해 주겠는가. 나는 코를 흠흠거리며 땅에서 올라오는 봄 냄새를, 꽃 냄새를, 마른 풀을 태우는 연기냄새를 맡으며 골목길을 벗어났고, 조금 지나자 여러 갈래의 오솔길이 나왔다. 이리저리 나뉘어진 오솔길은 모두 산으로 통하고 있었지만 거기서부터 나는 한 방향을 택해 느릿하게 해찰하며 거닐었다.

문득 눈앞에 펼쳐지는 풍경 하나가 있다. 밀밭, 보리밭의 풍경. 그리고 밭둑 사이로 작은 시내가 흐르고 어린 꼬마가 찰랑거리며 흐르는 물길을 따라 한없이 어디론가 걸어가는 광경이다. 심심하면 보리 꺾어 피리 만들어 불고, 그것도 지루해지면 어머니가 즐겨 부르던 동백아가씨나 섬마을 선생님, 기러기아빠를 불렀다. 그러다가 문득 혼자라는 생각에 기시감이 들어 온몸을 부르르 떨기도 하고, 호밀밭엔 문둥이가 숨어있다 아이들을 잡아간다는 소문을 떠올려 두려워지면 두 주먹을 불끈 쥐고 다시 그 길을 거슬러 달리던 풍경. 그 호젓한 오솔길들이 없었다면 아이의 마음은 얼마나 핍진했을까. 그때는 끼니를 준비하기 위한 노동이었기에 더 팍팍하고 힘들던 시절이었다. 어른들은 눈앞의 일만을 위해 하루하루를 살았고 당연히 아이들은 저절로 자라야 할 때였다. 어른의 손길이 필요한 아이에겐 참 외로운 시간이었다. 그러나 그 외로움을 작은 길과 자연이 감싸주었다. 내가 작은 것들 속에서 자족하는 지혜를 조금 안다면 그 시절의 습성 때문이지 싶다.

그때나 지금이나 작은 길에 서면 호젓함이 주는 평안함을 즐기는 사람이 되었다. 사람이 무엇인가 오롯함의 기쁨을 안다면 세상 밖으로만 달려나가는 번거로움을 좀 줄일 수 있을 것이다. 감당하기 벅찬 현실의 소용돌이 속에서 어디 나만의 시간을 가질 틈이 있던가. 복잡하게 얽혀있는 시간과 공간 속에서 자신을 잠시 잊고 아무런 상념없이 자연과 마주하고 있을 수 있는 것은 내가 가진 몇 가지의 분복 중 하나일 것이다. 마치 산이 나를 부르고 들판이, 바다가 나를 부르듯 그 유혹을 기꺼이 즐기고 있는 나는 그렇게 말할 자격이 있다.

산등성이를 깎아 만든 작은 밭들 사이의 오솔길에는 얼마 전에 불을 지른 흔적들이 있고 그 사이로 봄나물들이 땅의 힘을 빌어 세상으로 올라오고 있었다. 쑥, 씀바귀, 냉이, 달래, 돈나물 …… 등속이 예쁘게 자라는 모습을 들여다보면 마치 솜털 보송보송한 갓난아이를 보는 것처럼 희열감이 들었다. 조금씩 푸른빛을 띠어가고 있는 밭을 아무 생각없이 바라보는 것도 즐거웠다. 새싹들을 바라보다 지루해지면 고개를 들어

산을 보았다. 아, 봄이 오는 색깔을 담고 있는 산색은 또 얼마나 아름다운가. 육안으로 완연히 구분되는 것은 아니지만 나뭇잎들이 새잎을 틔우고 있을 때의 미묘한 색깔은 그걸 볼 줄 아는 이에게만 보인다. 그 시기를 지나야 사람들은 산빛이 연둣빛이라는 것을 알게 된다.

가끔씩 바람 따라 흔들리는 마른 갈대 몸 부딪는 소리만 들릴 뿐 내게는 한없이 여유롭고 편안한 시간이다. 나는 두 팔을 벌리고 바람을 맞받아 선다. 때론 타인과의 경쟁으로 심신을 긴장하게 하고, 일 욕심으로 내 에너지를 과도하게 뿜어 지치고, 내 마음대로 되지 않는 작은 욕심들 사이에서 오는 불협화음의 에너지를 가진 나를 마치 청정한 바람이 쓰다듬고 지나가는 듯하다. 그리고 나는 말끔한 기분으로 그 오솔길을 되돌아 내려온다.

어느 새 저녁이 되었는지 내 시야가 어두워진다. 집에서 멀어져 있지만 나는 서두르지 않았다. 어둠 속을 잠시 걷는 것도 내겐 새로운 일이고 나를 보는 시간이기도 하기 때문이다. 마을로 들어서니 집집마다 불이 밝혀 있지만 담장 바깥의 골목에는 어둠이 짙게 드리워져 있었다. 어두워 보이지 않는 것을 경험하며 두려움도 알고, 자신을 낮추기도 한다. 내게 이 작은 경험들은 그래서 소중하다. 골목길을 빠져나와 멀리 순환로를 바라보니 달리는 자동차의 불빛이 찬연하다. 지친 영혼들이 쉴 둥지를 찾아 돌아오는 시각이다.

생각해보면 어떤 갈림길에 설 때 나는 작은 길을 택하곤 했다. 운전을 할 때에도 고속도로보다는 지방도로를 좋아한다. 군자는 대로행이라 했지만 큰 길 위에서 큰 일 하기 좋아하는 사람들 치고 제 욕심 적은 거 보기 어렵고 마음 넉넉한 이 보기 드물었다. 그보다 나는 군자가 아니니 소

인으로 살면서 작은 것들 꿈꾸며 내 식대로 작은길, 오솔길이 주는 소박
함을 즐기고 싶어 했다. 어찌 소박함 뿐이겠는가. 오솔길이 내주는 겸손
함과 인간다움과 따뜻함과 느긋함과 곡선의 아름다움까지 모두 얻어가
고 싶다. 자칫 직선의 대로를 달리는 자가 빠질 욕망과 오만함과 성급함
등속에서 조금은 자유로울 수 있으니 얼마나 다행한 일인가.

어머니의 기도

　나는 열다섯 살에 집을 나갔다. 한석봉은 글을 배우기 위해 가출을 했고, 홍길동은 제 혈육조차 맘대로 부를 수 없는 서출의 신분이었지만 세상을 향한 대의를 품고 집을 떠났다. 적어도 그는 자신의 개인적 문제에 생을 함몰시키지 않고 나라를 위한 큰 뜻을 품어 승화시키려 한 것이다. 하지만 나는 그렇게 큰 인물이 될 조짐이 애시당초 없었으므로 가출의 서러움을 개인적 아픔에 국한시킬 수밖에 없었다. 어쨌든 나는 요즘 아이들처럼, 누가 뭐라 하지 않아도 내면에서 솟구치는 열기(사실 원인이 다 있지만)를 이기지 못해 집을 나간 것은 아니었다. 내가 더 이상 집에서 견디지 못할 거라는 확신을 가질 무렵, 딸의 기운을 감지한 어머니가 먼저 가출을 거들어 주셨다. "이제 집을 나가거라." 그 방법이 어머니와 내가 다 같이 사는 길이라는 것을 알고 있기에 어느 달 밝은 가을밤에 얇은 보퉁이 하나를 가슴에 안고 집을 나서 터덕터덕 무거운 발걸음을 떼었다. 휘영청 밝은 달밤의 개 짖는 소리가 그토록 애잔할 줄이야. 어쩌면 불감청이언정 고소원이었겠다. 그러나 그건 내가 먼저 한 말은 아니었다.

정월 보름이 지난 산사. 기도를 마치고 법당을 나오며 마주보이는 선방 스님들의 방을 건너다본다. 가지런히 놓여있던 스님들의 털신이 보이지 않는, 댓돌 위가 텅 비어 휑하다. 미풍에 살랑이는 댓잎 소리같은 스산함이 마음을 잠시 스쳐간다. 마음자리 찾고자 기도하고 나오며 눈으로 있고 없음을 분별하여 감정을 일으키다니, 혼자만 아는 웃음을 웃는다. 동안거를 마친 스님들이 각자 자신의 토굴로, 혹은 살고 있던 본사로 떠났다. 누군가, 무엇인가 함께 한다는 것은 존재 자체로도 그득하게 채워지는 것이라는 걸 다시 느낀다. 그 스님들이 이곳에서 참선을 하며 백일 동안 머무는 동안 나와 마주친 적도 별로 없다. 멀리서, 그 분들이 청정한 본래의 마음 찾기에 수행을 하고 있다는 것 이외엔 나와 직접적인 관련이 없었다. 그럼에도 왜 나는 그 스님들을 마음에 담고 있었을까.

"이 상황에서 너와 내가 어떻게 살아가겠니? 이제 집을 나가거라." 어머니는 나를 위해 먼저 가출을 허락해 주셨다. 아니 나는 쫓겨난 것이다. 어머니 말씀 이전에 내가 먼저 선택하고 감행했어야 할 일이었다. 내가 능동적으로 선택한 것과 어머니의 말씀에 따른 것과는 천지 차이였다. 나에게 가출은 그 현실에서 최선의 선택이었지만, 그래서 아무 불만 없이 기꺼이 집을 나왔지만 내가 모르는 어린 내 마음의 한 부분(무의식)은 어머니로부터 거부당했다는 화인이 강렬하게 남았다. 가난과 가혹한 시집살이로 더 이상 견딜 수 없는 어머니는 데려온 자식을 미지의 세계인 벼랑 끝으로 밀어뜨릴 수밖에 없었다. 어쩌면 모험이 따르지만 바깥세계가 더 안전할 수도 있었을 테니까. 그로 인해 나는 육신의 자유를 얻었지만 어머니와 나는 불운한 모녀지간이 되었다.

불행히도 나는 그 화인의 자국만큼이나 강하게 마음에 못질을 했다.

어머니는 내 마음 속에 들어올 수 없었다. 어머니를 거부하는 것이 거부당한 어린 자신을 지킬 수 있는 유일한 길이었다. 훗날, 내가 아이들의 어머니가 되어 어미의 마음을 지니게 되었을 때 내 어머니를 이해하고자 하였으나 닫힌 마음은 열리지 않았다. 그래서 괴로운 것은 이성을 가진 나였다. 어머니께 잘못하는 일은 없었으니 불효하지는 않았지만 도대체 어머니를 사랑할 수가 없었다. 어머니는 점점 쇠잔해지고 저러다 돌아가시면 나는 얼마나 후회할까. 사랑해야 할 사람을 사랑하지 못하는 것 또한 괴로움이었다. 나는 어머니에게 마음을 주고 싶었으나 진심이 생기지 않았다. 다른 모녀지간처럼 살뜰하게 어루만지는 사랑이 되지 못했다. 불씨를 붙여 점화를 해보았으나 불발탄으로 끝나기 일쑤였다. 왜 진실로 마음이 가지 않는지 기도를 하며 그 마음을 들여다보기 시작했다. 원인의 시초는 나의 문제(그때 내가 있었으니까)였으며 우리 모녀의 업장(시공의 인연)이었다. 그 업장으로 마음에 매듭이 생겨 서로 얽힌 것이다. 업장의 이치가 보이니 풀어가는 방법도 알게 되었다. 드디어 마음 가는대로만 하자고 생각하니 억지가 없어지고 편안해졌다. 그것이 내 기도의 시작이었다. 마음을 들여다보는 능력과 기도의 시간은 비례하였다.

"아야, 내가 예진이 합격하라고 기도하고 왔다." 며칠 전에 전화를 했더니 교회에 다녀오셨다는 어머니의 대답이다. 울컥, 뜨거운 속울음과 함께 눈시울이 적혀진다. 나에 대한 애틋함을 한 번도 보이지 않았다는 궁핍한 내 기억들을 어머니의 한 마디가 모두 씻겨보내고 있었다. 너무나 핍진했던 어머니의 생에서 내 몫의 사랑까지는 내 줄 수 없었던 어머니가 이제 내 딸인 손녀의 시험 합격을 위한 기도를 하실 만큼 마음을 내신 것이다. 나는 내 딸의 어머니. 내 딸을 위한 기도를 하신 내 어머니. 먼 옛날부터 할머니에서 어머니로, 어머니에서 딸로 이어져 온 여자들의 가난하고도 슬픈 사랑이 오롯하게 서는 순간이었다.

삼칠 일 기도를 마치는 마지막 날, 내 기도는 방향을 바꿔 세상을 향한다. 내 마음에 걸리는 장애가 없으니 내 가슴도 수월하게 열린다. 비록 비유할 수 없는 일이라 해도 동안거 동안 스님들이 청정한 마음의 진면목을 찾아 세상을 밝혀보려 했던 것처럼, 나는 미약하지만 나와 인연 있는 세상의 모든 생명들이 원만하게 살아가기를 기원한다. 진실로 자신의 존재를 소중하게 받아들인 자만이 타인도 소중하게 품을 수 있다. 내 사랑은, 이제 시작이다. 제 길을 찾은 내 사랑이 비록 옹달샘의 물처럼 작은 것일지라도 내 마음을 열고 세상을 향해 솟아나길 기원한다. 이제 길고 긴 숙명의 강을 건넜으니 타고 왔던 뗏목을 버릴 시간이 되었다.

생각대로 되는 세상

— 지구상에서 가장 먼 거리에 있는 것의 이야기 —

이것은 분명 선무당의 딜레마다. 언제부턴지 글을 쓰거나 말을 하기 위해 생각을 할 때면 내가 주제 삼은 그 대상의 시원은 무엇일까를 캐묻게 되는 습관이 생겼다. 책상 앞에 앉아 점점 깊이 생각하다보면 인류의 시원은 무엇일까 라든가, 인간의 본성은 어떤 것일까, 순수하다는 건 어떤 상태를 이르는 것일까 등속의 나이에 걸맞지 않는 시답잖은 생각에 빠질 때가 있다. 그러다보면 정작 내가 쓰려던 글은 쓰지 못하거나 썼다 해도 주제의 방향이 틀어져 있기도 했다. 이건 분명 큰 병이지 싶다. 이 버릇이 유용하지 않은 것은 물론이고 쓸데없는 생각까지 많이 하는 것은 세상을 무익하게 할 뿐더러 나 자신에게도 무용한 일이겠으니. 참을 수 없는 존재의 가벼움에 길들여진 우리들에게 골칫거리를 제공하기도 할테니 오늘도 그런 우를 범하지 않을까 하는 염려가 미리 생긴다.

오래전 일이지만, 우연히 TV 광고를 보다가 '생각대로 되는 세상'이라는 문구를 접했다. 참 매력적인 말이었으니 흥미가 동할 수밖에. 하루하루 발등에 떨어진 불 끄듯 허겁지겁 살아가며 정작 하고 싶은 일은 뒷전으로 미룬 지가 언제인지 새삼스러운 나로서는 귀가 솔깃하지 않을 수 없었다. 누군들 그러지 않을까. 현실에 발 담그고 사는 이들로서는 참 반가운 소리였을 터였다. 어쩌면 생은 생각대로만은 되지 않는다는 이치를 미리감치 깨닫고 체념하는 심정으로 현실을 마주하고 있던 내게 속아도 좋으니 한 번 믿어보라는 희망어린 꼬드김으로 들렸을지도 모를 일이다.

잠시 얇아진 귀를 세우고 광고의 내용을 더 들어보니 생각대로 되는 세상이기는 하되 하나같이 얄팍한 상술로 무장된 낚시밥 같은 이야기들이었다. 조삼모사의 이치. 그들이 말하는 생각대로 이루어지는 세상은 엄밀히 말하면 '생각대로 이루어지는 세상'이 아니라 소비자들이 대가를 치른 만큼 이익을 얻어가는 세상이었다. 이익 따라 생각이 옮겨가는 세상인 셈이다. 원래 당신이 생각했던 대로 생활을 끌어가라가 아니고 이러한 조건을 부여해 줄 테니 네 생각을 바꿔서 선택하라는 얘기였다. 한 마디로 좀 더 계산 잘하고 영악하고 민첩하게 움직이면 조금 나은 경제성을, 이익을 담보해 주겠다는 것이다. 그 문구가 광고라는 것을 나는 잠시 잊고 있었다. 광고의 속성을 말이다. 그러면 그렇지. 광고 문구에 현혹되어 잠시 꿈을 꾼 내가 바보지. 인간은 본질적으로 이타적 존재는 아니니 빨리 몽상에서 벗어나는 것이 현명했다. 생각대로 되는 세상이라니, 언감생심, 어찌 그런 세상이 도래할 것인가.

가끔 광고를 보며 예술적 창의성을 얻기도 하고 우리 삶의 양태들을 묶어보기도 할만큼 광고가 문화의 척도를 가늠하게 해준다는 것을 알고 있다. 광고 속에 우리 삶이 고스란히 투영되어 있으니 당연한 일이다. 그만큼 광고의 순기능과 역기능을 잘 알고 있다. 그럼에도 자본의 천박성을 가장 잘 드러내는 것이 광고이기도 해서 그에 대해 나는 부정적 혐의를 더 짙게 갖고 있다. 아니, 부정적이라기보다는 비판적이라는 편이 더 정확하겠다. 그것은 광고만의 문제가 아니라 우리 모두의 모습이기도 하니 광고의 메커니즘을 이해하면 너무도 당연한 말이다. 이 세상 누구도 자본의 속성에서 자유롭지 못하고 그에 영향 받고 영향을 주며 살아가기 때문이다.

이제 나는 광고에서 벗어나 진정 우리네 삶에서 '생각대로 되는 세상'의 의미를 말해보고 싶다. 조금만 진지하게 우리의 모습을 돌아보면, 생각이 우리의 일상을 끌어가는 것이 아니라 일상이 우리의 생각을 전복시킨다는 것을 알 수 있다. 생각이 세상을 끌어가는 것이 아니라, 복병처럼 숨어있는 우리네 욕망을 실현하는 현실이 우리의 생각을 끌어간다는 것이다. 이를테면 우리는 내 이익을 위해 생각을 바꾸고, 부자가 되기 위해 생각을 바꾼다. 모두들 손해 보지 않기 위하여, 혹은 자신의 편리를 위하여, 경쟁에서 이기기 위하여 생각을 바꾼다는 의미이다. 삶을 위해서는 어쩔 수 없는 일이라고 자신을 합리화시키면서. 한 번 결심한 바른 생각을 당당하게 자신의 현실로 용기있게 끌어가는 사람은 흔치 않다. 그렇게 살아가려면 자신의 많은 것을 내놓고도 바보 취급당하기 십상일 것이니까(역사에서 가끔 그런 분들이 있었다). 인간은 사회적 존재여서 홀로 살기 어렵기 때문에 더 그럴 것이다. 어쨌든 이러저러한 까닭으로 대체로 우리는 생각대로 현실을 끌어가지 못하고 그 현실 따라 생각을 바꿔 산다.

그렇게 생각을, 의지를 현실에 빼앗기고 변화해가는 중에 우리의 생각의 근원인 순수한 마음은, 진실한 마음은 어딘가로 자취를 감추고 말

것이다. 그 작고 앙증스런 조막손과 까만 눈동자 속에 담겨있던, 원초적으로 가지고 태어난 우리들의 진실한 마음은 우리네 일상이 좀먹고 물들여 소멸시킨 것은 아닌지 모르겠다. 그 마음이 보존돼 있어야 좋은 생각도 담아둘 수 있을 텐데.

지구상에서 가장 먼 거리에 있는 것이 머리와 가슴이라 했다. 이성으로는 얼마든지 좋은 생각을 할 수 있지만 감정이 스며들어 실천하는 데는 수 없이 많은 이유들이 작용하여 그만큼 어렵다는 의미일 것이다. 그 과정에 복병으로 숨어있는 우리들의 욕심이 문제를 만든다. 생각은 그러지 않아야 한다고 하면서도 일상의 편의가 내 생각을 견지해가지 못하게 해버린다.

우리는 행복하기 위해 부단히 노력하며 살아가지만 욕망만 부풀리는 삶은 행복을 관념 속에 가둘 뿐이다. 넓은 의미에서 '생각대로 되는 세상'은 맞다. 인류가 생각한대로 세상은 만들어져 왔기 때문이다. 그러나 이 즈음에서 그 참 의미를 한 번 돌아보는 것도 괜찮은 일이지 싶다. 넘쳐나는 잉여의 에너지를 좋은 생각으로 전환해 본다면 진정 '생각대로 되는 세상'이 가까워지지 않을까.

봄, 바람결에

감지될 듯 말 듯한 미풍이 불기 시작하고 따순 햇살이 내려앉더니 그예 생명들이 몸을 풀기 시작하나 봅니다. 대지가 겨우내 품었던 생명을 세상으로 내보내는 모양입니다. 겨울잠을 자며 자신의 에너지를 비축한 나무는 나무대로, 땅 속에서 발아할 때를 기다리던 씨앗은 씨앗대로 기지개를 켜고 활동을 재개한 것입니다. 생명의 시작인 셈이지요. 세상은 그들을 맞아 온통 수런거림으로 가득 차 있습니다.

그들의 기운이 내게도 전해졌는지, 봄바람의 전언이었는지, 핏속 어딘가에서, 심장 어느 곳에서 자꾸 간질이는 느낌이 듭니다. 그러한 안과 밖의 끌림을 물리치지 않고 보이지 않는 무엇인가의 힘에 자신을 맡겨 보았습니다. 이런 날엔 아무래도 번화가보다는 흙이 있고, 물이 있고, 산이 있는 곳으로 향하는 게 좋겠지요. 차들이 먼지바람을 일으키며 달리는 큰길을 피해 오밀조밀한 계곡 길 따라 가다보니 눈길을 끄는 구경거리도 많았습니다. 무등산에서 내려오는 물줄기가 아래로 흐르면서 작은 천을 형성하고 있는 길이었습니다. 굽이굽이 휘도는 길 따라 농사꾼들의 노고에 생명들이 새싹으로, 혹은 줄기를 실하게 키워낸 것으로 화답해 있더군요. 손바닥만 한 땅을 일군 소박한 사람들의 마음과 흔적이 고스란히 느껴졌습니다.

흙을 만지며, 흙을 밟으며, 살 수 있는 사람은 행복할 것입니다. 땅은 정직하다는 말은 씨를 뿌리고 거둬본 이들이라면 누구나 공감할 것입니다. 주인의 정성스런 손길이 머문 만큼 저 싹들 또한 튼실하게 자랄 것입니다. 혹한의 시련을 견디고 자랑스럽게 얼굴을 내민 완두콩, 상추, 등속의 채소들 옆에 제비꽃 두어 송이가 보입니다. 기름진 땅도 아닌 돌멩이로 밭의 경계를 지어둔 틈새에서 피어난 꽃이었습니다. 다른 꽃들보다 부지런하게 꽃대를 밀어올릴 수 있었던 것은 돌덩이가 바람막이 해준 덕택일 것입니다. 서로의 위치에서 무엇인가에 도움을 주고 기대어 살아가는 자연의 모습이었습니다.

잠시 서서, 흐르는 물소리를 들으며 그들을 바라보고 있자니 미풍에도 흔들리는 그 작고 앙증맞은 이파리며 꽃잎이 생명의 경이로움을 전해줍니다. 그들에 대한 외경심으로 가슴이 벅차올랐습니다. 그 순간 세상이 온통 정적 속에 빠져들었습니다. 어딘가로 정처없이 흐르던 물도, 온 힘을 다해 흙을 헤집고 지상으로 제 몸을 가까스로 밀어 올리던 새싹도 잠시 멈칫하고, 그곳을 지나며 우리를 엿보던 바람도 걸음을 멈추고 내 시선에 동참해 주는 듯했습니다. 청정한 고요가 찰나로 흐르고 난 뒤, 무엇인가 내 마음을 툭 건드려 파문을 일으켰습니다. 온 세상이 제 마음 속으로 들앉은 것 같은 꽉 찬 충만감이 느껴졌습니다. 무엇인가로 꽉 차 있던 내 자신을 내려놓고 내 영혼을 풀어놓는 순간이었지요.

짧은 그 시간이 지나자 마법에서 풀려나온 듯 물은 다시 소리를 내며 흘러갔고, 주변은 다시 소란스러워졌습니다. 나는 현실로 돌아왔지요. 꿈속 같던 그 시간이 다시 아련해졌지요. 내가 그 작은 꽃에 집중하는 순간 나는 그 꽃과 하나가 되었고, 그 안으로 흘러들어가게 되었던 모양입니다. 가슴 저 밑바닥에서 무엇인가 찰랑대는 소리가 들렸습니다. 그것은 새로운 발견이었습니다.

끊임없이 무엇인가를 생각하고 행동해야 안심이 되는 현실 속에서 기쁨 하나를 얻었습니다. 그것은 한 편의 글을 쓰고 나서 느끼는 기쁨과는 다른 희열이었지요. 산고를 치른 작품을 통해 얻는 기쁨은 노력으로 만들어진 인위적인 감정이지만, 자연을 통해 얻는 기쁨은 훨씬 더 순수하고 근원적인 정서이기 때문입니다. 그것은 누릴 준비가 되어있는 사람만이 누리는 감정이겠지요. 무엇이 더 크고 소중한가의 가름은 중요하지 않습니다. 그것은 가름하는 사람들의 의식 차이이니까요.

마음과 몸이 새털처럼 가벼워졌습니다. 얼마만에 누리는 자유인가요? 어쩌면 무엇인가를 꿈꾸며 그 길을 걷던 순간부터 잊고 있던 자유였습니다. 그 통로를 다시 찾을 수 있어 매우 기쁩니다. 생이 열정으로 빛나던 젊은 시절엔 그 에너지에 가려 미처 꿈꾸지 못했던 일이기도 합니다. 인생의 많은 시간을 보내고 나서야 그 길을 알게 되었군요. 빛나던 시절엔 뒤꼍의 소중함을 기억할 여유가 없었을 것입니다. 존재에게 소중한 것은 자신의 밖에 있기보다 오히려 내면의 자유에 있다는 것을 말예요. 세상의 틀에서 자신을 지키느라 지친 영혼에게도 이제 여유를 주어야겠습니다. 조금 늦었다 해도 삶은 언제나 지금, 여기가 소중하니 아쉬워할 이유도 없습니다.

봄바람 따라 나선 길에 예기치 않은 큰 선물을 받았습니다. 이러한

기쁨은 사람에게서나 물질에서는 만나기 어렵습니다. 아무런 대가 없이
작은 생명에 눈길 주며, 반갑게 맞는 마음 낸 것뿐인데 그들로부터 받은
화답은 내 영혼에 긴 여운을 남겨주었습니다. 그래서 자연은 사람의 스
승이고, 문명의 부모일 것입니다. 시나브로 변화하는 욕망에 찌든 육신,
지친 영혼을 바람결에 내맡긴 오후나절의 행복이었습니다.

다시 그 길에서

　시궁창에 빠져 허우적대다 나온 것마냥 악취가 나는 하루였다. 곤두선 감정의 비늘을 쓸어내지 못해서 뿜어나온 날선 냄새였다. 시간이 지날수록 그 냄새는 점점 지독해져갔고, 내 후각이 견딜 수 없는 지경에 이르렀을 때에야 비로소 자신의 것인 줄 알았다. 백두대간의 정점에서 한 발을 내딛었을 때, 나를 볼 수 있었다. 수치스런 환부를 도려내듯 겨우 자신을 진정시키고 나서야 나는 그 악취를 맡을 수 있는 후각을 가진 것을 다행이라 여겼다. 사람은 자신에게서 발산 되는 냄새는 잘 알아차리지 못하기 때문이다.

　해질녘, 만추의 바람은 제법 쌀쌀하다. 집 앞 수퍼를 가듯 입었던 옷에 조끼만 걸치고, 맨발에 슬리퍼를 끌며 나왔다. 찬바람이 스칠 때마다 자꾸 진저리가 쳐진다. 그래도 집으로 돌아갈 생각은 하지 않고 발걸음은 앞으로 향한다. 날마다 부엌에서 눈길만 주다 오늘은 단풍 든 그 예쁜 길에 마음이 꽂혔던가. 하마 제 맘 산란하여 그 곳 다스리려 작정했던가. 아파트를 벗어나 굽이진 길을 따라 가며 바람에 떨어지는 낙엽을 눈으로 좇는다. 개구쟁이처럼 바람은 낙엽 몇 장을 몰아 후미진 시누대밭 구석에 가둔다. 그렇게만 나를 방기해도 마음은 한결 가벼워진다.

산 능선 따라 놓인 돌계단 앞에 선다. 누군가 농사를 지었는지, 수확이 끝난 길 양 옆의 척박한 밭에는 지천명의 시간을 훌쩍 보낸 사내의 앞머리처럼 듬성듬성 들깻대가 서 있다. 스산한 이 가을바람처럼 을씨년스럽다. 문득 고개를 들어 보니 저 꼭대기에 노인이 서서 내가 있는 아랫쪽을 바라보고 있다.

처음엔 넓은 계단에 맞춰 온 몸을 날리듯 발걸음을 떼다 몇 계단 올라가자 제법 보폭이 맞아떨어진다. 중간쯤 올라가니 힘들이지 않아도 될 만큼 편안한 계단이 된다. 처음부터 이렇게 보폭을 맞춰 만들었으면 누구나 쉽게 올라 다닐 텐데, 그런 생각을 하며 발걸음을 옮긴다. 나는 계속 산을 향해 올라가고 위쪽의 노인은 아래를 향해 내려오고 있다. 그리고 우리는 어느 지점에서 짧은 순간 서로 스치며 지나친다. 노인은 지팡이를 짚고 조심스레 걸음을 떼고 있다. 발걸음이 경쾌한 나는 계단 끝까지 올라서서 좀 전의 노인처럼 마을을 내려다본다. 아파트 주변에 있는 단풍나무가 수채화 같다. 봄엔 푸르고 여름엔 더 무성해지더니 이제 온통 붉은 빛이다. 저 아름다운 빛깔도 머지않아 곧 스러지려니. 그리고 곧 겨울이 오고 ……. 세상은 이런 변화를 반복하며 무상하게 흘러가려니.

몸에 와 닿는 쌀쌀한 감촉에 잠깐의 생각을 접고 나는 계단을 내딛는다. 올라갈 때와는 다르게 빠른 걸음으로 내려간다. 저만치 노인이 보인다. 지팡이에 의지하여 천천히 걸음을 떼고 있다. 발걸음을 늦출까 아님 더 빠르게 하여 지나칠까, 찰나의 생각을 거쳐 나는 걸음을 빨리한다. 노인 옆을 지나친다. 잠시 후 나는 마지막 계단에 이르른다. 그리고는 무엇에 이끌리듯 나도 모르게 뒤를 돌아본다. 아직 노인은 서너 계단을 남겨 두고 있다. 넓이가 넓어 두어 발짝씩 떼어야 하는 계단을 건너고 있는 것이다. 걸음의 리듬이 끊겨 노인의 움직임은 더욱 더디다. 그러나 노인은 묵묵히 계단을 내려오는 일에 전념한다. 다시 처음에 했던 생각을 한다. 보폭 조정을 하여 좀 편안하게 만들지. 문득 그 생각을 하다가 나는 하악 숨을 몰아쉰다. 나는 지금 생에 대해 어리광을 부리고 있구나.

불과 3년 전의 일이다. 해질녘이면 나는 이 계단을 힘겹게 오르내렸다. 그렇게라도 해야 나를 견디는 힘을 키울 수 있을 것 같던 때였다. 사람들이 집으로 돌아오는 시간이 되면 나는 지탱하기 어려운 몸을 이끌고 이곳을 향하곤 했었다. 내가 슬펐던 이유는 몸이 아픈 것보다 허공에서 떠도는 마음을 붙잡아 둘 곳이 없다는 점이었다. 세상으로부터 나를 단절시킨 원인은 그만한 트라우마가 있어서일 테지만 그걸 이길 힘이 내겐 부족했다. 인간사의 이치는 마음 여린 사람이 상처 받을 수밖에 없었다. 그 때 나는 저 노인처럼 이 길을 힘겹게 오르내리면서 건강하게 살 수 있다면 더 무얼 바라겠느냐는 생각을 하지 않았던가. 그 때의 나를 기억 속에서 꺼내자 눈물이 송곳처럼 아프게 치솟았다. 이게 뭐라고, 그깟 것이 뭐라고. 3년 전 이 길에서 내가 건강하게 살 수 있다면, 다른 사람들처럼 자잘한 밀고 당김을 반복할지라도 생에 의욕을 가지고 살 수 있다면 아무것도 더 바라지 않겠다고 했는데.

오늘 내게 무슨 일이 있었던가. 내 작품을 보는 사람이 터무니없이 다른 생각을 가졌다한들, 그건 그 사람 몫인데 무에 그리 대수라고 마음 상해서 대응했던가. 그 행동에는 분명 자신을 투사해서 작품의 폄훼는 나의 자존감의 훼손이라는 등식이 숨어 있었다. 사람은, 그 누구도 쉽게 자기 생각을 바꿀 수 없고, 달라지지 않는다는 걸 알면서 내 주장을 하려 한 건, 내 자존심 지키려 방어벽을 친 것이잖은가. 너 남 없이 제 감정 따라 움직이고 제 이해타산 좇아 행동하는 것을. 어쩌면 그것은 인간의 본능이고 자기 보호막일 것이다. 그래도 사람이 훌륭한 것은 이성으로 자신을 제어하는 힘을 가졌기 때문이라고 믿었다. 어쩌면 그 이성이 세상을 질서 있게 끌어가는 힘일 것이겠기에. 그러나 내 믿음 또한 얼마나 허망한 것이던가. 나 자신도 냉철하게 이성적이지 못했는데. 자신의 생각조차 내 의지대로 끌어가지 못하면서 타인에게 뭐라 탓할 자격이 있을 것인가. 사람은 자신이 먼저 갖춰지고 난 다음에 타인에게 나아갈 수 있을 것이니. 나라고 내세울 그 무엇도 없는 자신을 깨닫는 순간, 입을 통해 나를 세운 말들이 내게서 나는 악취였음을 알았다.

사람이 내는 모든 길은 자신에서 시작해 자신에게로 돌아오기 마련이다. 그 길 위에 널려있는 내용물이 각기 다를 뿐이다. 나는 지금 간절히 소망한다. 지금의 내 마음이 실체가 없는 허망한 것이라 해도 이 자리에 방점 하나 찍어서 오래 유지되기를. 그래서 내 마음에 고요하게, 소리 나지 않는 길 하나를 내놓고 그에 나를 맡겨보고 싶다. 무등산 어딘가에서 들려오는 평화로운 저녁 종소리가 정체모를 외로움을 자극하는 시간이다.

웅숭 깊은 이야기

가끔 무등산 아래의 동적골로 산책을 나간다. 그 시간은 어떤 일을 하는 것보다 편안하고 즐겁다. 집을 나서서 큰 길 하나만 건너면 둥두렷하게 솟은 아름다운 산이 눈앞에 나타나고 저만치에 있는 도로의 불빛 덕분에 나무들이 한 방향으로 가지런히 잠들어 있는 모습도 볼 수 있다. 무엇보다도 선선한 바람이 이마를 건드리고 지나갈 때의 기분 좋음이라니. 그 순간 낮 시간에 지친 심신이 움틀거리며 생기를 되찾는다. 뭐라 형언할 수 없는 생에 대한 기쁨과 여유로움이 함께 하는 시간이다. 한 시간 반 정도의 길을 걸으며 이렇게 눈이 즐겁고, 귀가 즐거우니 마음도 즐거워질 수밖에.

그렇게 보내는 시간이 쌓이면서 나는 상당히 무심한 사람임에도 자주 보는 사람이나 몇 가구 안 되는 집들에 대해서 눈길을 주기 시작했다. 풍경 외에도 아기자기한 주변에 관심을 갖게 된 것이다. 한 평 남짓한 주말농장 입구에는 주인들의 애칭이 쓰인 팻말이 어엿하게 늘어서 있는데, 그 이름들 또한 얼마나 기발하던지 의미를 찾아내는 재미도 있었다. 줄기차게 뻗어가는 고구마순을 보며 땅속에 묻힌 건강한 알맹이를 상상하기도 하고, 유난히 싱싱하게 자란 상추를 보며 쌈감으론 최고라며 잠시 탐하기도 했다. 혼자 걷고, 혼자 생각하며 해찰하고, 혼자 웃으며 노는 재미가 얼마나 쏠쏠하던지, 오지랖 넓게 다른 이들은 이 맛을 모를 거라는 생각까지 하기도 한다. 더구나 동적골 끝 무렵에 있는 사찰 앞에는 '전국에서 열 번째 안에 드는 아름다운 산책로'라는 플래카드가 있을 정도로 예쁜 산책로이니 더 말해 무엇하랴.

그 날도 같은 곳을 향해서 걸었다. 공원을 지나고 다리를 건너 세인봉으로 향하는 길과 나뉘어지는 막다른 계곡 초입에 이르렀다. 그곳엔 작은 정자가 있고 주변에는 운동기구까지 있어 이곳에 온 사람들이 쉬어 가거나 머무르는 터다. 정자 위쪽으로는 무등산 계곡에서 흘러오는 냇물이 흐르고 양쪽 산을 이어주는 마지막 다리가 있다. 나는 늘 다리의 중앙에 서서 가볍게 몸을 풀며 흐르는 물소리에 위로를 받기도 하는데, 그 시간이 자신을 얼마나 편안하게 풀어내게 하던가!

늘 하던대로 작은 다리로 향하다 난간에 앉아 이야기를 주고받는 두 노인을 보았다. 그들은 부채까지 들고 다니는지 몸 보시 해 달라 달겨드는 모기들을 부채로 쫓으며 이야기에 몰두해 있다. 처음엔 내가 쉬던 지정 장소를 빼앗긴 것 같은 느낌이어서 약간 심술이 나려 했지만 그날은 그냥 내려왔다. 한 번쯤 맨손체조를 빠뜨린다 해서 조금도 억울할 것 없는 나들이니 쿨하게 돌아설 수 있었다. 그러나 다음날도 나는 노인들보다 늦게 도착해 그 자리를 차지하지 못했다. 서로 자기 일에 몰두해 있으니 잠시 함께 있어도 무방하겠는데 나는 다른 사람들이 보는 앞에서 팔을 들어 올리며 배꼽을 드러내는 일이 거북스러웠다. 밤이라 할지라도 달빛이 있고, 가로등이 있으니 그러고 싶진 않았다. 그러나 같은 상황이 삼일 째 반복되자 나는 처음의 생각을 바꾸어 비로소 등을 돌리고 맨손 체조를 시작했다. 그래봐야 팔다리 몇 번 들어 올리고 흔드는 것 밖에 뭐가 더 있을까마는.

팔을 들어 올리며 들이마신 숨을 내쉬는 사이, 졸졸졸 시냇물 소리가 끼어들고, 또 그 틈을 비집고 노인들의 이야기가 숨어든다. 아장아장 걷는 아이들이 건반 위를 살포시 걷는 것처럼 물은 서로 얽혔다 풀며 맑은 소리로 흘러갔다. 운동하는 사람들이 거의 다 돌아갔는지 사위가 고요해질수록 물소리는 또랑또랑해진다. 고개운동을 하며 문득 눈에 들어온 시냇물에 달빛이 잔잔한 금빛으로 부서져 반짝인다. 제법 밤이 깊어가는지 선선한 바람이 한 차례 귓볼을 어루만지며 지난다. 가끔씩 추임새처럼 장단을 맞추는 노인과 원문을 풀어내는 노인의 이야기 소리도 낮아진다. 그 짧은 시간에 나는 내 귀가 그들에게 향하는 것을 거절하지 않았다. 아무개네 며느리가 시집와서 숭악스럽게 살다가 이혼을 했다는 이야기, 뉘집 아낙네가 병이 들어 앓다가 병원에서도 못 고치고 집으로 돌아왔는데 담방약으로 차도를 보았다는 얘기, 어느 친구의 남편이 젊은 시절 조강지처 버리고 집 나갔다가 병들어 이제야 돌아왔다는 얘기 …….

사연은 특별하지도 감동적이지도 않았다. 일상에서 쉽게 들었음직한 그렇고 그런 이야기였지만 노인의 입을 통해 나오면 푸근하고 평온하고 애잔한 느낌이어서 저절로 귀 기울이게 되고 미소가 지어지고, 정답게 들리기까지 했다. 나는 기이한 일이라 여겼다. 남의 이야기에는 관심이 없던 내가 왜 노인들의 대화에 자꾸 마음을 두는 걸까. 노인의 무엇이 내

관심을 끌게 하는 것일까. 평범한 이야기들이, 아름답지도 않은 풍문같은 일상의 일들이 마음에 와 머무르는 것일까. 절반의 어둠에 몸을 맡긴 두 노인의 이야기는 밤하늘의 별들에게 속닥이는 것 같았다. 나는 몸을 돌려 두 노인을 바라보았다. 형체만 보이는 노인의 부채질에는 상대방에 대한 배려와 존중과 숨길 수 없는 애정이 실려 있었다.

바쁜 일에 치여 며칠 동안 산책을 나가지 못했다. 얼마나 지나서였을까. 저녁공기에 가을바람이 섞여들 즈음이었다. 바람난 처녀 우물가가 그립듯 나도 동적골이 그리워져서 큼큼 가을 냄새 찾으며 다시 나선 밤이었다. 계절마다 조금씩 다른 저녁빛을 눈으로 코로 귀로 음미하느라 느리게 걷던 중이었다. 저만치 두 노인이 나를 향해 오고 있었다. 그들은 이미 목적지까지 산책을 갔다가 돌아오는 중이고 나는 공원을 향해 올라가는 중이었다. 두 노인은 지팡이를 양쪽 끝에서 잡고 나란히 걸어왔다. 공교롭게도 가로등 앞을 지나칠 때 우리는 서로의 얼굴을 보았다. 깊게 파인 눈, 움직이지 않는 눈동자, 그 중 한 노인은 장님이었다. 주로 이야기를 하던 할머니였다. 그들 옆을 지나는 내게 할머니들이 쥐고 있는 지팡이는 주장자로 보였다. 서늘하도록 아름다운 주장자였다.

혼자 걷는 일도, 자연과 벗하며 살아가는 일도 모두 아름답다. 그 중에서도 사람이 뿜어내는 향기가 가장 그윽하고, 가장 아름답다는 진실이 내게 다가오는 순간이었다. 사람에 대한 그리움이 샘물처럼 웅숭깊게 솟아나던 밤이었다.

이름을 불러주세요 2

— 어느 못난 자의 독백 —

　어떤 것을 오랫동안 깊이 생각하는 사람은 곧잘 자가당착에 빠지기 쉬운 약점을 가지게 된다. 순간의 직관력으로 내리는 판단은 참이나 거짓과는 상관없이 훨씬 간명하다. 그러나 생각에 생각을 얹다보면 단명한 줄기에 잔가지가 많아져 자칫 불명료해질 때가 있는 것이다. 나 역시 마찬가지로, 몇 년 전에 내 이름을 불러주지 않고, 어머니나 언니 등으로 불리는 것에 대해 심히 불편하다는 글을 쓴 적이 있다. 그때를 떠올려보니 나만의 이름이 아닌, 내가 일반 명사화되어 불려지는 것이 싫었던 모양이다. 내 이름이 정확히 불려지는 것이 내 정체성이라 생각했던 것이다. 지금 이 글을 쓰면서도 나는 여전히 또 자가당착에 빠질지도 모른다는 예감을 가지고 있다. 그것은 사람의 생각이라는 것, 혹은 마음이라는 것, 그리고 우리 생의 터전인 문화나 관습, 제도 등속에서 자유로울 수 없다는 것을 알기 때문에 생긴 기우일 것이다.

　나는 가끔 사람들이 나를 모른다고 불평하곤 한다. 나라고 말하는 그 의미는 당연히 내가 가진 가시적인 조건들을 말하는 게 아니다. 가장 먼저 눈에 띄는 내 얼굴에서 시작하여 외형적인 조건들은 누구에게나 보여지니 그건 문제가 되지 않는다. 나는 상대가 볼 수 있을 만큼 보여지기 때문이다. 나 역시도 사람들을 보는 데 내가 가진 경험의 총체만큼만 볼 수 있다. 그러니 나 한 사람을 두고도 보는 사람에 따라 천차만별의 평가를 하게 된다. 내게 호의적인 사람은 예쁘다고 말할 것이며, 혹은 못생겼다고 고개를 돌릴지도 모른다. 마찬가지로 내가 가진 내면을 볼 줄 아는 사람들 또한 그들의 잣대로 나를 볼 것이다.

내면을 보는 데에도 각자 나름의 안목만큼만 볼 수 있다. 모두 다른 사람들이 무리를 이룰 수 있는 것은 동류항으로 묶여지는 공통분모가 있기 때문이다. 그렇다 해도 사람이 사람을 제대로 알아보는 일은 쉬운 것 같지만 결코 쉽지 않다. 누군가 사람을 완벽하게 안다고 말한다면 그것은 교만이고 어불성설이다. 완전한 존재가 아닌 인간은 아무도 완벽하게 읽어낼 수 없다. 누군가를 안다고 할 때에 그 속에는 분명한 잉여가 있다는 얘기다. 그럼에도 나는 나를 잘 몰라준다고 지금처럼 욕심을 곧잘 부릴 때가 있다. 일종의 피해의식이지 싶다.

남편과 이십오 년을 살고 난 후에야 그가 나를 인정해줬다. 그는 나와 함께 사는 동안 내가 물가에 둔 아이 같아 세상 밖에 나가는 나를 조바심치며 바라봤다고 고백했다. 그는 나를 제 인생 하나 감당하기에도 벅찬 나약한 존재로 받아들였던 모양이다. 그러던 그가 다행스럽게도 나를 알아봐 줬다. 세상 물정 모르니 잘 속고, 제 밥그릇도 못 챙길 것 같아 보호해 줘야만 할 것 같던 내게 그토록 강한 힘이 있는지 몰랐다고 말해 준 것이다. 나는 내가 의도적으로 그렇게 산 건 아니다. 내 태생대로, 몸에 밴 습관대로 살았을 뿐이다. 다만 나는 바보가 아니어서 내가 속한 세상이 어떻다는 것을 알고 있다. 그런데도 어떤 사람은 함께 일을 하다가 나를 속였다고 큰소리치고, 또는 내게 속임수를 가르쳐준다고 의기양양해 하기도 했다. 나는 누군가에게 거짓말을 할 줄 모르는 게 아니라 안 하거나 줄이려는 것이고, 그것이 내 삶을 울타리 짓는 나와 바깥의 경계지점이 된다. 내게 안 좋은 일을 경험할 때마다 그들과 대응하여 살아가야 한다고 생각하면서도 또 잊어버리고 같은 일을 반복해왔다. 어쨌든 남편이 말한 내 힘이란 것은, 눈으로 보는 강철의 힘이 아니기에 같은 자장을 가지지 않은 이는 쉽게 알지 못하는 그 무엇이었을 것이다. 때문에 그가 나를 늦게 발견했다고 해도 야속하다 할 수 없다.

같은 나를 두고 딸은 엄마를 비현실적인 존재로 본다. 현실과는 동떨어진 몽환적인 사람으로. 딸은 내 것 챙기려 에너지 소비하지 않고, 다만 어떤 상황이 주어지면 성실하게 애쓰는 그런 엄마를 좋아하며 내가 변하지 않고 그대로 살길 소망한다. 그렇게 살아도 세상을 살아가는 데 큰 어려움이 없다면 얼마나 행복한 삶이냐는 것이다. 가장 가까운 가족들은 나를 그렇게 보지만, 집 밖으로 한 발짝만 나가도 생은 경쟁 속이어서 나도 이대로 행복하게 늙어갈지는 의문이다. 내 자신이 조금씩 현실을 의식하게 된다고 딸에게 고백했기 때문이다. 다행히 나는 귀에 못이 박히도록 들은 이러한 현실감각 없음에 대해 인지하고 이제는 그것을 즐기고 있다. 사실은 이런 글을 쓰는 것만 봐도 나는 확실히 달라진 것 같다. 그러나 사람의 본 성품은 쉽게 바뀌지지 않는 것이니 큰 변화는 없을 것이다.

사정이 이러한 터에 입으로 불러지는 이름, 나의 일부분만이 담겨있는 이름에, 때론 기호로 불러지는 내 이름에 얼마나 큰 의미가 있단 말인

가. 내가 가진 것을 알아봐주지 못한다면 그들이 기억하고 부르는 내 이름은 그다지 중요하지 않다. 나만이 가지고 있는 개성과 장단점, 진실을 담아주지 못한다면, 한갓 소리의 약속일뿐인 이름이 뭐 그리 대수일 것인가. 내 이름을 부르지 않아도 앞에 서 있는 나를 존중하고 진실하게 대해준다면 그 편이 훨씬 행복할 것이다. 나와 같은 이름을 조회하면 헤아릴 수도 없이 많은 사람들이 있는데, 이름으로 무슨 변별력을 가질 수 있을 것인가. 어디 그뿐이랴. 언어가 인간의 모든 사상을 담을 수 있다고 생각하는 것처럼, 이름은 그 사람의 모든 것을 나타낸다고 생각하겠지만 우리는 그저 이름을 부르고 있을 뿐, 그 사람을 진실로 알고 있지 못하는 경우가 많다.

나는 이제 다르게 말하고 싶다. 진실로 그 사람을 불러주지 않는다면, 그 사람을 모르고 있다면 이름을 부르는 것 따위는 그저 입으로 소리 내는 일과 다를 바 없다는 것을. 그러니 이름 부르는 일에 애면글면하지 않아도 되고, 무엇으로 불리든 그 자리에서 소중하고 진지하게 불려지고 싶다는 것. 마음 없는 부름은 그저 메아리처럼 공허할 뿐이다. 그나마 그 소리라도 우리는 힘주어 소리쳐야 한다면, 그렇다면 어찌할 수 없겠다. 우리는 때로 겉치레라도 하지 않으면 안 되는 현실을 살고 있으니까.

나, 김지헌. 다행히 내 얼굴을 모르고, 내 모자란 행동을 경험한 적이 없고, 때론 나를 몰라준다고 까칠하게 구는 모습을 본 적이 없는 사람들은 내 작품으로 나를 기억할 것이다. 얼마나 다행한 일이며, 얼마나 조심스러운 일이며, 얼마나 가슴 설레는 일인가.

3부

배설에 관한 단상

직소폭포

내 나이 열 넷, 산벚꽃이 아름다운 봄날에 직소폭포와 처음 만났다.

전깃불 대신 희미한 등잔불 밑에서 전설 따라 삼천리에도 자신을 몰입시키던 순박한 소녀였을 때였다. 그 폭포를 보며 상상한 것은, 전설 속의 인물인 한 많은 여자와 그 용소에서 죽은 남자들이었으며, 전해오는 이야기처럼 열 두 타래의 실을 풀어 그 깊이를 알아보고 싶어했다. 그 때의 내게 폭포는 전설을 품은 자연의 일부였다.

내 나이 스물 셋, 녹색 이파리들의 광합성이 한창일 때, 직소폭포와 두 번째 만났다. 그 때 내 옆에는 신록같이 푸르른 한 남자가 있었다. 자연과 사람과 그들이 꾸는 꿈까지 초록빛이었을 때의 직소폭포는 자신만만하게 내달리는 일직선의 물줄기였다. 한 인간에게 향하는 감정이 직선적이던 시절, 내 삶도 직소폭포처럼 힘차게 흘러갈 것으로 믿었다. 누군들 굴곡진 생을 원할까마는 그 굽이가 나를 휘돌아갈 것이라는 상상은 할 수 없던 시절이었다.

내 나이 서른 둘, 여름이 가는 길목에서 직소폭포와 세 번째 만났다.

뜬구름 잡기로 작정한 것도 아니건만 자신을 믿으라는 남자를 따라 서울행 고속버스를 탄 지 1년만의 일이었다. 웃음소리 잔잔하게 배어나던 작은 둥지마저 물보라처럼 날려버려 춥고 서러운 모습이었어도, 줄기차게 흘러내리는 폭포를 흉내내보자는 용기는 남아있을 때였다. 그때에도 나는 현상적인 것들에서 한 발짝 물러서 있지 못했다.

내 나이 마흔 셋, 선홍빛 단풍으로 산하가 아름답게 채색될 때, 직소폭포와 네 번째 만났다. 이제는 슬픈 여인의 전설을 믿는 순수도 퇴색되고, 폭포가 주는 거침없는 내달림도 없을 뿐더러, 세상사에 주눅이 들면 툭툭 털고 일어날 용기도 퇴색되어 버렸다. 그런데도 슬프지 않은 건 왜일까. 수 천년 동안 반듯하고 장엄하게 흘러내리는 폭포의 원류보다는 굽이진 작은 길을 흘러가는 지류의 아름다움을 보아서일까. 굽고 숨겨진 줄기를 따라 조용하고 여유롭게 흐르는 작은 물줄기에 더 많은 눈길을 주면서 하는 생각, 고인 물도 혼탁하지만 직선으로 흘러가는 성급한 물도 스스로를 맑힐 수는 없겠다는 ……. 여유를 부리며 굽이굽이 돌아가는 물이 산소를 흡수해서 스스로를 정화할 수 있음을 언제부터 깨닫게 되었던가.

옛 우물

햇살 따가운 늦가을 한낮, 창가에 앉아 저만치 길 건너에 눈길을 주고 있다가 나는 깜빡 졸음에 빠져들었다. 그건 순전히 가을 햇살 때문이었지만 나는 조금도 그를 탓하지 않았다. 아주 짧은 잠에서 깨어나자 요즈음 자꾸만 나를 꼬드기던 그 무엇의 정체를 알 것 같았다. 나는 더 이상 망설이지 않고 자리를 털고 일어섰다. 손가방 하나만 달랑 들고서 터미널로 향했다.

버스를 타고 낯선 동네처럼 느껴지는 고향 마을에 당도했다. 어느 동네 어귀에서 몰아왔는지 팔랑거리는 낙엽을 실은 바람이 내 앞에서 공중제비를 한 차례 돌고는 사라졌다. 드문드문 사람이 사는 집들을 지나 내가 살던 옛집에 찾아들었다. 동네에서도 외따로 떨어져 있던 옛집은 형체는 그런대로 유지하고 있었지만 모든 것이 낡을대로 낡아 바람이 세차게 불면 날아갈 것처럼 위태해 보였다. 대문이 없어도 흉이 되거나 불편하지 않던 옛시절. 싸리나무를 엮어 만든, 두 살 박이 어린 아이가 보아도 집 안팎이 훤히 들여다보이던, 키 낮은 사립문이 형태도 없이 망가지고 이 빠진 노인의 허전한 잇몸처럼 대문은 휑해 있었다. 생명 있는 것들은 거개가 다 스러져갔어도 유독 담쟁이넝쿨만은 그악스럽게, 황톳빛 낮은 흙담을 감아들고 있었다. 그 그악스러움이 의지롭다고 생각되기는커녕 오히려 서글퍼 보인 건 소슬한 늦가을의 내 감정 탓이었을까?

우거진 잡초마저 다 말라 사원 마당을 지나다가 나는 걸음을 멈췄다. 산새 한 마리가 푸드득 날아가는 곳으로 시선을 보냈더니 바로 감나무 밑의 우물가였다. 아! 가끔씩 꿈속에서 만나던 그 우물이었다. 내 유년의 기억 속에서 우물물은 언제나 맑고 시원하게 찰랑댔다. 바닥이 훤히 들여다보이는 깊지 않은 물속에는 흰 구름이 흘러다니고 바람 타고 날아온 가랑잎 두어 잎이 돛단배처럼 떠다녔다. 어디 그뿐인가. 지붕 위의 박을 따서 만든 앙증맞은 바가지가 언제나 둥둥 떠 있고 그 속에는 더러 메뚜기나 풀무치가 손님으로 앉아 있기도 했다.

우물은 작으며 깊지 않아 옹달샘이라고 부르는 것이 더 잘 어울렸다. 두레박을 사용하지 않고 바가지로 퍼올린 물은 참으로 달디달았다. 우리 가족을 위해 헌신한 우물이었지만 그 자리를 떠나간 사람들은 어디 기억이나 해 줄까? 가끔씩 그들의 추억 속에 끼어 기억되었다가 별 의미 없이 잊혀지곤 하던 옛 우물. 우리들의 생성과 소멸의 윤회를 묵묵히 지켜봐 준 그 우물.

동생들이 태어날 때마다 할머니는 채전에서 그 탯줄을 태우고 돌아와 나를 부르곤 하셨다.

"아야, 어서 와서 물 한 바가지 퍼주그라이?"

나는 어머니가 누워있는 안방 마루에 걸터앉아 그 짧은 다리를 흔들다가 우물가로 쪼르르 달려가곤 했다. 아직 젓가락질도 서툰 작은 손으로 바가지를 잡고 물을 떠서 대야에 부었다. 그렇게 잦은 손질 끝에 세숫 대야에 물이 가득 채워지면 어린 나는 힘이 부쳐 큰 숨을 몰아쉬었다.

"니는 동생이 생겨 좋겠다이."

할머니는 손주가 늘어날 때마다 주체할 수 없는 기쁨을 그렇게 내색 하셨다. 동생들이 태어날 때면 나는 습관처럼 이곳을 맴돌았다. 안채에 서 가장 멀리 떨어져 있어 어머니의 외마디 비명 소리를 피해서였다. 그 러나 신경이 안채에 모여져 있는 내게 어머니의 앙다문 고함소리는 너 무도 가깝게 들여왔다. 그래서일까. 나는 이곳에서 번번이 동생들이 내 는 태초의 울음소리를 들을 수 있었다. 다섯째인 막내가 태어났을 때 나 는 한 손으로도 물 한 바가지를 너끈히 퍼 올릴 만큼 자랐다.

내 언니나 오빠 같던 고모나 삼촌들이 결혼을 해서 모두 분가를 하고 할머니의 머리카락이 하얗게 변했을 무렵이었다. 학교에서 돌아온 나는 책을 싼 보자기를 마루에 벗어 던지고 우물가로 갔다. 칠월의 뙤약볕 길 을 걸어와 발갛게 탄 얼굴에선 땀방울이 송글송글 맺혀 있었다. 물을 한 바가지 들이부으려 작정을 하고 다가간 나는 소리를 지르며 집 밖으로 뛰쳐나갔다. 그리고 동네 아이들을 모아 의기양양하게 집으로 돌아왔 다. 아이들은 호기심 반 두려움 반으로 몽둥이 하나씩을 들고 우물가로 몰려갔다. 그러나 쿵쾅거리는 가슴을 조이며 다가가 우물 속을 들여다 본 아이들은 일제히 내게 치이, 하는 야유를 보냈다. 그리고는 있긴 뭐가 있느냐며 내게 달겨들어 군밤 세례를 퍼부었다.

그 날 저녁나절, 우물 속에서 또아리를 틀고 있는 황사를 보았다는 내 이야기를 들으신 할머니는 내 경솔한 행동에 대해 혀를 끌끌 차셨다. 황 사는 그 우물의 업이라는 것이다. 그 업이 나가면 우물은 자연히 말라버

려서 메꾸지 않으면 안 된다고 하였다. 맨 처음 황사를 본 사람이 그 물을 마시면 문제가 없다고 하시는 할머니의 표정은 어두웠다. 그 후 나는 이 우물에 대해 외경심을 품게 되었고, 나 스스로도 조신하게 행동하려 애를 썼다. 숙녀가 된 것처럼 느껴져 스스로도 가슴이 벅찼다. 할머니는 십여 년을 더 사셨고 다행스럽게도 그 분의 염려와는 달리 우물물은 언제나 넘쳐났다.

오소소 소름이 돋았다. 유년의 그때 또아리를 튼 무진장 큰 황사가 떠올랐기 때문이다. 그러나 지금은 주황빛의 황사 대신 어느 짓궂은 아이가 버렸는지 땟국이 좔좔 흐르는 운동화 한 짝이 둥둥 떠 있을 뿐이다. 늘 풍성하게 넘쳐흐르던 그 물이 이제는 반으로 줄어 폐허의 기분이 느껴졌다. 우물 주변의 마른 풀 속에 살던 거미가 집을 지어 한층 더 을씨년스러웠다. 한 집안의, 몇 대를 이어 수많은 사람들의 생명을 이어주던 옛 우물. 떠나버린 사람들은 매정하게 잊어버리지만 남아있는 것들은 이렇듯 가슴 아프게 초라하다. 이 물을 마시며 꿈을 키우던 그들은 모두 허울 좋은 꿈을 좇아 떠나가고 이끼 낀 우물만 고즈넉히 남아 있기 때문이다.

늦가을의 스산함을 아는 나이가 되어버린 때문일까. 가슴에 찬바람이 분다. 기껏 이런 찬바람이나 잡아보려고 나는 그렇게 무언가에 홀려 있었던가. 어쩜 사라지는 옛 것에 대한 아련한 통증이 내 스스로를 견딜 수 없게 해 여기까지 흘러 왔는지도 모른다.

이제 우리에게 남아있는 순수한 정서와 습속을 새 문명으로 대체해야 하는 시대적 비애스러움까지도 껴안을 품을 가져야 하는 걸까.

배설에 관한 단상

― 뒷간에서 변기, 그 사회적 변화에 대하여 ―

1.

내 허벅지엔 커다란 상처자국이 있다.

유년의 기억에 의지해보면 미처 잠을 쫓지 못한 상태에서 헛걸음질을 해, 주둥이 부분이 깨진 항아리를 묻었던 뒷간에서 묻혀온 상처였다. 그 이후 뒷간에 대한 두려움은 사라지고, 그곳에서 뿜어 나오는 냄새를 덜 역겨워하게 되었다. 말하자면 뒷간과의 친밀도가 상당해진 셈이다.

얼마 전에 일간지에서 본 충격적인 광고의 한 장면을 떠올려본다. 이탈리아 인테리어 소재 회사의 광고인데, 사이버 느낌을 주는 벽면에 남성용 소변기가 붙어 있었다. 그 앞에 검은색 시폰 재질의 얇은 드레스를 입고, 가늘게 날이 선 하이힐을 신은 여성이 옷을 걷어 올리고 남자처럼 소변을 보려 하고 있었다. 카피는 "강철: 모자이크 장식의 새로운 젠더"였다. 트랜스젠더를 소재로 하여, 타일이 아닌 강철이 인테리어 재료의 새로운 젠더(?)로 부상했음을 알리고 있는 것이다. 이 광고는 보는 이로

하여금 기묘한 감정을 불러일으켰다. 남자의 소변기에 겉으로 보기엔 여자인 존재가 밀착되어 있는 광경은 어긋난 콘텍스트를 형성하였다. 에로틱한 이미지이기는 한데 그 이미지를 불편하게 전달하는 것이다. 낯익은 상황이 낯설게 치환됨으로써 심리적 부적응 상태를 연출해냈다. 즉 남성용 변기는 이미 우리에게 낯익은 공간이지만 여기에 트랜스젠더를 등장시킴으로써 그로테스크에 가까운 이미지를 효과적으로 각인시키게 된 것이다. 가히 크로스오버의 시대다. 인간의 배설물을 받아내는 변기 하나에서도 이토록 복합적인 이미지를 가진, 이 시대를 읽어낼 수 있었다.

조금 엇나간 느낌이 없잖지만, 잠깐 샛길로 빠져보자면, 그동안 군혀 왔던 한국사회의 통념으로는 도저히 이해될 수 없을 것 같던 트렌스젠더가 얼마동안 방송가에서 인기를 누리더니 이제는 광고에까지 등장했다. 그 사람이 자본주의 사회에서 상품가치가 있어서라고만 말하기엔 시대는 상상을 초월한다. 이미 우리는 규정된 정체성 따위는 초월(상실)해 있기 때문에 트랜스젠더를 상품으로 내놓아도 효과를 발휘할 수 있는 것이다. 신이 인간에게 주신 어쩌면 마지막 보루인 인간의 성 정체성까지 허물어지고 있는 이 시대에 그 무엇인들 전복되지 않을 것이 있겠는가.

2.

배설에 대해 조금 호들갑을 떨자면, 아침이면 해우소에서 행복한 시간을 보낸 후에, 나는 흡족한 마음으로 물을 내린다. 변기의 손잡이를 눌러 물이 쏟아져 나오기 전까지의 찰나 같은 시간에 나는 블랙홀을 연상

시키는 그것의 소용돌이를 보며 소우주를 느낀다. 씨를 뿌린 농부로부터 시작하여 수없이 다양한 여러 경로를 거쳐 내 안으로 들어와서, 한 인간의 작은 역사적 시간의 변이양상까지 적나라하게 보여주는 그것의 과정을 생각하는 것이다. 어디 그뿐이랴. 작은 몸뚱어리의 여러 부분을 거치는 동안 그 물질은 나라는 인간의 내면 작용까지를 두루 반영한다. 그래서 그때 그때의 내 삶의 집적이 어떤 형태, 어떤 빛깔, 어떤 믹서 과정을 거쳐 세상에 모습을 드러냈는지를 유추할 수 있다. 때문에 나는 그것에 대해 진중하게 의미부여를 해준다. 그것이 지니는 모양과 색깔로도 불과 몇 시간 전의 내 삶이 어떠했는지 알 수 있기 때문이다. 커다란 실수 없이 잘 보내온 어느 날은 질감 좋은 그것들로 만다라를 그려도 좋을 것 같고, 좁쌀만한 심성으로 타인은 물론이고 자신을 괴롭히거나 제 스스로 채우지 못하는 욕심으로 고통을 겪은 날은 들쑥날쑥했던 감정만큼이나 거친 모양이어서, 되새김질하는 동물처럼 다시 헤집어 내 안으로 집어넣어 버리고 싶어지기도 한다. 말하자면 후자의 경우, 내 몸뚱어리는 똥주머니로 전락하고 마는 것이다.

해암 큰스님이 입적하시기 얼마 전의 일이다. 우연한 기회에 해인사에 들렀다가 하룻저녁 면벽의 시간을 보낸 적이 있었다. 그 날 스님이 법문을 통해 우리에게 주신 화두는 '이뭣고'였다. 살아가면서 부딪치는 모든 문제들에 대해 도대체 이것이 무엇인가를 생각하라는 말씀이셨다. 또 하나, 그 날 스님이 우리에게 주신 직접적인 화두는 인간의 욕심이었다. 물질적인 욕심, 육신에 대한 애착과 집착으로부터 벗어나지 못하는 어리석음을 설법하셨다. 정신으로부터 분리된 인간의 육신은 결국 똥자루일 뿐인데, 어리석은 인간들은 그것에 매여 옴짝달싹하지 못한다는 말씀이셨다. 그 법문을 들었던 나나 듣지 않았던 사람들이나 육신에 매여 정신을 고매하게 하지 못하는 어리석음은 마찬가지일 것이다. 인간을 창조한 조물주를 모독하고 트렌스젠더가 제3의 성으로, 그것도 상품성의 가치를 높이며 그 존재를 자연스럽게 받아들이게 되는 이 사회에서 똥자루로부터 벗어나는 길은 점점 더 요원해질 뿐이다.

3.

밀란 쿤데라의 말을 빌리면, 인간이 낙원에서 살던 시절에는 똥을 누지 않았다. 그러나 나는 그 말에 쉽게 동의할 수 없다. 우리의 인류는 신이 아닌 인간이었기에 지금의 우리와 신체조건이 기본적으로 비슷했을 것이기 때문이다. 쿤데라도 예측했었던지, 좀더 개연성 있는 것으로 보면 그 시대에는 똥이 더럽거나 역겨운 것으로 간주되지 않았을 거라고 정정해서 부연한다. 그렇다면 배설행위에 관한 생각을 바꿀 수밖에 없다. 먹는 행위가 생을 위한 것이기에 신성해야 했던 것처럼, 배설행위도 그에 못지않게 신성시했을 것이라는 추측을 낳게 한다.

영화 <트레인스포팅>에 등장하는 변기는 어떤가. 더럽고 추악한 구멍이 꿈과 환상의 세계로 가는 통로가 된다. 더러움을 통해서 낙원에 도달할 수 있다는 점에서, 변소는 가장 현실적이며 가장 낭만적인, 가장 교훈적인 예술 공간이 된다. 이는 변기에 대한 극단적인 찬사이며, 더럽다고, 혐오스럽다고 생각했던 배설행위에 대한 신성성을 회복하는 데 도움이 될 것이란 기대이다.

고결한 정신을 가진, 최소한 그런 정신을 가지고 살고 있다고 자부하는 독자 중에는 이미 이 페이지를 넘겨버렸을지도 모른다. 그러나 나는 이런 이야기들을 통해서 결코 혐오스럽거나 기이한 소재로 재주를 부리려는 것은 아니다. 인류가 처음 이 지구상에 등장했을 때, 아기가 생기는 것은 해와 달과 바람의 정령으로 인한 것이라고 믿었던 시절의 배설은 더럽다거나 추하다는 것보다는, 먹는 것처럼 신성한 행위로 여겨졌을 것이라는 말을 이미 했다. 그렇다면 어느 순간부터 배설물이 더럽다는 생각이 들었을까. 어느 순간부터라는 말에는 모순이 있겠지만(어떤 현상에 대해 정의를 내릴 때 어느 순간부터라는 말은 타당치 않다. 변화하는 것들은 한순간이 아닌, 조금씩의 변화과정이 집적되어 나타나기 때문), 그 순간은 인간이 자신의 욕망을 꿈꾸기 시작하고, 현실에 눈뜨며 에덴동산의 환상이 깨지기 시작했을 때부터 똥은 더러운 것, 역겨운 것으로 둔갑하고 말았을 것이다. 그러므로 인간의 머릿속에, 몸속에 욕망이 부풀려질수록 똥의 고약한 냄새도 비례해서 지독해질 것이다. 똥 스스로의 변화이기보다는 인간의 욕망이 그렇게 만든 것이며, 그래서 인간들 스스로 그렇게 느낄 수밖에 없고, 그것을 표현하는 인간의 태도 또한 다양해질 것이다.

4.

내 무지의 소산일지 모르지만 우리 문학에서 똥을 아주 적나라하게 등장시킨 이는 이상일 것이다. 그는 <권태>에서, 한 무더기씩 배설해 놓은 장면을 묘사하며, 똥 누기를 권태에 빠진 왜소矮小 인간들의 최후의 창작 유희라 칭한다. 어쩌면 그는 그의 글쓰기 역시 권태로운 삶을 견디기 위한 하나의 똥 누기임을 비유해서 말했을 것이다. 그러나 박완서는 <그 많던 싱아는 누가 다 먹었을까>에서 똥은 더러운 것이 아니라 땅으로 돌아가 오이 호박이 주렁주렁 열게 하고, 수박 참외의 단물을 오르게 하는 것이라며 이상의 관념적인 유희의 배설에 관해 통렬히 비판한다.

외에도 현대의 문학(소설)에서 배설물을 통해 작가의 사상을 형상화시킨 경우가 더러 있다. 우리 시대의 화려한 이야기꾼이라고 할 수 있는 성석제는 똥은 위선과 허위를 벗기고, 조롱하는 힘이자 원초적인 생명의 근원이라고 하여 웃음 속에 쓸쓸함을 숨기고 있다. 개인적으로 좋아하는 작가여서 그의 죽음을 아주 가슴 아파했던, 서른 중반에 고인이 된 김소진은 그의 소설 「눈사람 속의 검은 항아리」에서 똥은 과거로 돌아가는 기억의 통로가 되고 있다. 뿐만 아니라 똥 같은 세상에서 스스로 똥이 되는 것, 즉 수용하여 땅의 거름으로 되는 것을 통해 따스함 속에 슬픔을 담아내고 있다. 대중적으로도 많이 읽힌 「새의 선물」에서 은희경은 변소를 환상이 깨지는 자리, 그래서 삶의 이면을 들여다보게 하는 자리라고 말한다. 이렇듯 뒷간의 상상력, 배설의 시학은 문학의 본질 혹은 삶의 본질을 투시하는 중요한 미학적 힘이 된다. 이는 문학의 기능의 하나로 말해지는 카타르시스의 어원이 배설과 관련 있듯이, 문학은 심리적인 정신적인 배설작용이 이루어지는 우리의 뒷간이라고 볼 수 있다.

5.

뒷간에 대한 추억(?), 현실에서의 배설물, 초현실적인 광고, 영화, 문학 ……. 이제 마무리의 단계에 이르러서 배설물, 그리고 그 행위, 장소에 대해 너무 장황하지 않았나 사뭇 조심스럽다. 눈에 보이는 형식에서 이탈해보고자 시도한 작품이지만 내용이 충실하지 못하면 그것을 담는 그릇의 변용 또한 무의미해지기 때문이다. 물질적인 배설행위도 중요하지만 글을 쓰고, 말을 하는 정신적인 배설행위도 중요하다는 것을 말하고 싶었다. 그러나 역시 그것은 함정일 수밖에. 아담과 이브 시절에서부터 수많은 사회적 역사를 거쳐 트렌스젠더가 등장하고, 심지어는 인간을 만들어내는 가히 혁명적인 이 시대를 살아가는 자신이 정신적 배설 운운하는 것도 모순이라는 생각이 들었기 때문이다. 과연 순수가 존재하는가에 대해 끊임없이 의혹을 갖게 하는 현실에서 말하고자 혹은 강조하고자하는 내 생각이나 의도 또한 어찌할 수 없는 욕심이라는 것을 모르는 바아니니. 이 모든 것의 변화는 인간의 욕망이 만들어낸 것이며, 나도 이 욕망의 시대를 가로질러 갈 수 없는 이 시대의 사람일진대.

동서에게

　자네, 어쩜 그럴 수 있나. 자네에게 주어진 몫이 그뿐이었다 해도 그렇게 야속하게 가버리다니 참 무정한 사람일세 자네는. 소식을 듣고 자네를 찾아가는 차안에서 문득 화가 났다네. 자네가 이 세상을, 이 우주를 체념하고 받아들이기까지 얼마나 많은 고통과 갈등을 가져야 했는가. 그런 자네가 마지막 길을 떠나고 있는데 세상은 아무것도 변한 게 없다는 표정으로 시치미를 뚝 떼고 있단 말일세. 들판은 여전히 푸르고 강물은 유유히 흐르며 사람들은 뭔가 중요한 일을 하러 가는 것처럼 바삐 움직이더란 말일세. 나를 실은 직행버스는 신나는 뽕짝을 들으며 경쾌하게 달리더군. 아무도, 그 무엇도 자네나 나의 기분을 살펴주는 것은 없더란 말일세. 자네, 섭섭하지 않나? 인간은 그런 거라네. 나 역시도 그렇다네.

　향을 꽂고 앉아 자네의 영정을 보니 너무 막막해서 눈물조차 나오지 않았다네. 자네의 죽음이 실감되지 않았다는 표현이 더 적절한가 보네. 그런 나를 보며 사진 속의 자네는 웃고 있었네. 그 웃음이 살아있는 자들에게 주는 어떤 메시지 같아서 가슴이 꽉 막혀오던 걸. 분명 통곡을 해도 시원치 않을 답답한 가슴이었지만 나는 긴 한숨으로 많은 걸 대신하고 밖으로 나올 수밖에 없었네. 생사의 길이 이리도 지척에 있더란 말인가. 살아 있는 사람들이라고 해서 영원한 생명을 부여받은 것은 아니지만 주검을 이리 가까이서 지켜보자니 생사의 덧없음이 절감되네. 자네, 저 어린 딸들은 어찌하려는가? 엄마가 하늘나라에 갔다며 까르륵거리는 저 철부지들을. 유치원에 가면 우리 엄마 죽었다며 아무렇지도 않게 말할 저 아이들을 말이네. 아니지. 그건 살아 있는 자들의 몫이겠네. 산 사람의 업장이 더 무거운 법 아니겠는가? 마지막 가는 길 그저 편안히 잘 가게. 저 세상에 가서는 앓지 말고 고통 없이 지내길 바랄 뿐일세.

자네, 너무 예뻐서 내 가슴이 미어졌네. 임종을 지켜보지 못해 마지막으로 한 번 더 보고 싶어 입관하는 모습을 지켜보았네. 형광등 아래서 보는 백색미인 같은 자네에게 꽃빛 치마와 저고리를 입히고 연지곤지까지 찍고 보니 어느 신부가 저리 고울까 싶어서 스스로 섬뜩했네. 얼마나 예뻤으면 염습사들이 '참말 그림 같다'고 했을까. 자네는 그렇게 예쁠 나이란 말일세. 스물 여덟, 죽음하고는 거리가 먼 청춘이었단 말일세. 또다시 가슴에서 싸르륵거리는 느낌이 오네. 그런 자네를 보면서 나는 자네가 처음 입원했을 때를 떠올릴 수밖에 없었다네.

우린 모두 자네의 생명이 시한부라는 것을 알고 있는데 자네는 아무것도 모른 체 예쁘게 화장을 하고 있었네. 그런 자네를 보고 누가 회생불능의 환자라고 했겠는가. 자네는 그렇게 예뻐 보이고 싶어 했는데 나는 자네의 그 아름다움을 보면서 되려 슬퍼했다네. 아무도 모르게 나와서 눈물을 훔칠 수밖에 없었어. 자네의 손이 묶여지고 발이 묶여지고, 자네 육신이 친친 동여매질 때 자네의 영혼은 훨훨 날아 다녔겠지. 자네,

이 세상을 떠나는 게 그리도 좋더냐. 자네의 미소, 얼굴 가득 담은 희미한 웃음이 살아 있는 사람들에게 어떤 느낌을 주는지 알고 있는가? 하긴 그 통증의 지옥에서 헤어날 수 있었으니 얼마나 홀가분했겠나. 염이 끝나고 자네의 육신이 관속으로 들어가고 못 박는 소리가 지하실을 쾅쾅 울릴 때, 우리들의 가슴에도 대못이 하나씩 박혔다네. 우리가 살아 있는 동안은 어떻게 자네를 잊겠나. 우리와 운명을 달리한 사람을 회억하는 것처럼 아픈 일도 없을 것이네. 우리 눈앞에 네모진 관 하나만 달랑 남았을 때 나는 걷잡을 수 없는 격랑을 만나 통곡하지 않을 수 없었네. 한 사람이 스물 여덟해를 살다가 소꿉놀이하듯 그 작은 나무토막 안으로 들어가니 감쪽같이 사라져 버리더군. 인생의 덧없음, 부질없음을 자네는 그리 일찍 체득해 버렸네그려. 부디 잘 가게, 다시 생명을 얻어 태어날 때에는 아픔 없이 천수를 다하길 빌겠네.

자네가 그 작아진 육신을 불기둥 속에 넣어 이승을 떠나는 마지막 단계를 거치고 있을 때 우리는 자네만을 생각할 수 없었다네. 먼 곳에 사는 어떤 이는 몇 시 차를 탈 수 있을까 계산하고 어떤 이는 돌아가서 할 일을 계획하고 있었다네. 그게 산 사람들이 할 일인데 어쩌겠나. 흔히 말하는 산 사람은 살아야지 하는 말 아니겠나. 자네가 들으면 섭섭해 하겠지만 산 사람들의 비정함일지도 모르겠네. 아니, 그렇게 하지 않고 우리 모두 자네만을 생각하며 슬퍼하고 통곡한다면 자네의 발걸음이 무거워 어디 이승을 떠날 수 있겠는가. 우리는 점심을 먹으며 농담도 주고받았다네. 한 사람의 죽음은 결코 '죽음'이라는 단어가 주는 그 이상의 무거움을 넘어서지 못 하더라고. 자네가 인내한 결과물로 골분骨粉이 조금 나오더군. 그걸 들고 우리는 다시는 가고 싶지 않은 그 화장터를 나와 진짜 마지막 작별을 고하는 곳으로 달려갔지.

그곳이 동진강 하류였지 아마. 오전까지만 해도 비가 내리던 날씨가 우리가 그곳에 도착했을 때에는 햇살이 눈부시게 피어나던 걸. 자네, 서 방님의 손에서 떨어져나가 강물로 뛰어들 때 어땠나. 홀가분하지 않던 가. 그 질긴 인연의 끈을 놓아버린 그 기분 말이야. 사람 참, 매정하긴, 그 렇게도 편안하던가. 그래. 어쩜 인간의 세상처럼 번뇌가 많은 곳이 어디 또 있을라고. 그래, 어린 딸들까지 잊기는 아주 어려울 테지만 그 미련까 지 놓아버리고 편안히 잠들게나. 그 아이들은 남아있는 사람들의 몫이지 않겠나. 그래서 살아 있다는 것 자체가 고해라 하지 않았던가. 자네를 보 내는 이 순간 우리는 모두 아웅다웅하며 사는 것이 얼마나 부질없는 것 인지를 알았다네. 그러나 인간은 망각의 늪에 살고 있어서 그 귀한 깨달 음도 곧 잊어버리게 될 걸세.

자네, 흐르는 물속으로 떨어지면서도 그렇게 빛을 발하더구먼. 자네 는 끝까지 찬란한 모습으로 가는구먼. 스물여덟의 나이는 어떻게 말해 도 찬란하지 않은가. 눈물이 햇살에 반짝거려 나는 눈을 뜰 수가 없었다 네. 자네의 육신이 가루가 되어 이제 영영 우리의 곁을 떠난다고 생각하 니 냉정하게 잘 버티던 나도 감정이 격해지고 말았어. 그렇게 허무하게 사라지는 것을. 갑자기 산다는 게 너무 막연해져서 가슴이 어디론가 날 아가 버린 느낌이었어. 인생은 잠시 머물다 떠나는 한 줄기 바람이라더 니 자네는 정말 강물에 실려 우리 곁을 떠나고 마네그려. 그렇게 가다가 그 길에서도 힘들면 물풀 자락에 기대어 쉬고 그것도 힘들면 물고기의 몸을 빌어 쉬어 가게나. 자네는 이제 우리의 곁을 떠나지만 영원의 세계 로 자유로이 가는 것 아닌가. 물고기의 먹이가 되면 물고기의 몸을 빌어 다시 태어나는 것이고 그대로 흐르고 흘러 더 큰 세상의 바다로 나가면 무엇을 만나게 될지 우리가 어떻게 짐작이나 하겠는가. 한 점 티끌로 남아 이 세상에 존재 하다가 어느 생에 다시 좋은 인연을 만나 또 다시 사람으로 환생한다면 그 때에는 건강한 몸을 받아 천수를 누리게나. 그때에는 자네의 그 예쁜 딸들과 함께 행복하게 잘 살게나. 자네, 잘 가게. 부디 극락왕생 하게나.

쇼 걸과 나르시시즘

　아무래도 내가 정상은 못 되는가 보다. 술집이란 애당초 웃고 떠들며 뭔가 후련히 털어 버리려고 가는 곳일 텐데 나는 그렇게 되지 않으니 말이다. 어쩌다가 그럴 기회가 있어 일행의 등쌀에 떠밀려 나이트클럽에 들어갈 때가 있다. 그러나 막상 자리에 앉고 보면 아주 많이 취하지 않는 한 이런저런 생각으로 머릿속이 복잡해지고 만다. 나는 왜 그곳 분위기에 쉽게 동화하지 못하고 물과 기름처럼 겉돌기만 하는 것일까. 아름다운 쇼걸들을 보면 내게도 딸이 있는데 저들이 너무 안 됐다 싶고 심지어는 그들의 부모 생각까지 하게 된다. 그뿐인가. 그네들이 무대에서 춤을 추며 바꾸는 표정까지 염려하며 그들이 우리를 바라보는 눈에 혹여 비굴함이 섞이지 않을까 쓸데없는 생각까지 하게 된다. 이쯤 되면 나는 술집에 놀러 간 것이 아니라 본의 아니게 자신을 괴롭히는 결과가 되고 만다. 그러니 나는 그 신나는 술집에서 자가당착에 빠져 그저 그런 밋밋한 시간을 흘러보내고 떨떠름한 기분으로 그곳을 나오기 일쑤인 것이다.

　그 날도 홀에 들어서자 사람들이 뿜어내는 에너지로 인하여 실내가 온통 몸살을 앓고 있었다. 얼핏 살펴본 실내에는 다양한 포즈의 사람들이 아주 편안하게 앉아 무대 위의 쇼걸들에게 몰두해 있었다. 같이 간 사람들의 자리를 살피고 내가 앉았을 때 스테이지와 스테이지가 교체되었다. 세 여자가 무대 위로 나왔는데 그네들은 인류 최초의 의상, 이브의 모습을 흉내 낸 의상을 걸치고 있었지만 부끄러운 내색은 없어 보였다. 옆에 어른들이 앉아 있어서인지, 같은 여자라는 동류 의식 때문인지 오히려 내 자신이 부끄러워 그네들을 제대로 쳐다보지 못하고 살짝살짝 훔쳐보았다.

내가 성인이 되어 이런 곳엘 처음 왔을 때는 누가 보지 않아도 스스로 어색해서 고개를 잘 들지 못했다. 그 때에 비해 내가 이렇게 뻔뻔해진 이유에는 모든 것을 낡게만 하는 세월의 몫도 있을 터이다. 빛나던 예지도 무디어지고 뭔가 자꾸 자극적인 경험(인생의 희노애락)들을 쌓아가다 보니 부끄러움의 기준도 달라지고, 민감했던 정서도 둔해지고 말았다. 또한 그런 경험들로 인하여 포용되는 것들이 더 많아진 까닭도 있을 것이다. 그것을 우리는 흔히 연륜이라고 하겠는데, 뭔가를 온전하게 포용해서 받아들인다는 것은 이처럼 비애스러울 때도 있다. 내가 이렇게 달라진 것처럼 어쩌면 그네들도 처음엔 나와 같은 감정을 가졌을지도 모른다. 그러나 그들은 부끄러움을 이겨내야만 했을 것이다. 내가 뻔뻔스런 세상의 뻔뻔스런 사람이 되고 만 것처럼 그들도 차츰 대담하게 변화했을 것이다. 그들에겐 생활인데 더 말해 무엇하랴.

술잔이 오고 가며 자리에 익숙해지자 나는 그네들만큼이나 수줍음 없이, 같이 간 어른들의 눈치를 보긴 했지만 좀 뻔뻔스럽게 그들의 몸 동작을 지켜보았다. 그러면서 나는 자신도 모르는 사이, 내 맘에 드는 여자를 점찍고 있었다. 아, 그것은 어떤 상품을 바라보며 갖고 싶은 것을 선별하는 행위와 다를 바 없었다. 미술품이나 도자기 등 어떤 예술품들을 감상할 때 생긴 버릇이 자신을 숨기지 못하고 본색을 드러내 버린 것이다. 결국 비극이긴 하지만 내 눈앞에서 그들의 행동은 하나의 감상품에 지나지 않는 셈이었다. 아무리 물질만능의 사회에서 살고 있다 하여도 그들을 상품으로 보고 있다니, 평상심을 가졌을 때와 지금의 나는 어느 것이 진짜 모습인지 혼돈스러웠다.

그것도 잠시일 뿐, 반복되는 그네들의 몸놀림을 보고 있으려니 차츰 싫증이 나기 시작했다. 그들의 기계적인 움직임, 죽은 행위 때문이었다. 아무리 아름다운 생명체일지라도 그것이 의미를 지닐 때의 일이지 그 의미를 상실해 버렸을 때에는 아름다움도 빛을 잃고 만다. 그들은 살아 움직였으되 내 눈에 보이는 행위는 이미 의미를 잃은 죽은 행위였다.

눈치 빠른 관객은 금세 눈치 챘을 것이다. 그들의 동작이 우리에게 보이기 위한 것이 아니었음을. 그네들은 자신의 몸뚱어리에 도취되어 스스로 그것에 빠져들었다. 그들이 춤추는 무대 양면에는 대형 거울이 있어 무대 위의 그들뿐만 아니라 홀 안의 표정을 한 눈으로 볼 수 있게 되어 있었다. 그들은 몸을 흔들면서(춤이라고는 할 수 없었다)도 시선을 그 거울에 두고 있는 게 아닌가. 관객을 향해 정면으로 돌아서진 않았다. 관객에겐 도무지 관심이 없는 것처럼 보였다. 앞을 향해서가 아니라 거울을 향해 서서 제 몸뚱어리를 감상하다가 자신들이 채워야할 시간이 지나자 무대 뒤로 사라지는 것이었다. 그들이 또 다른 스테이지에 나와서도 같은 행위를 반복했을 때 나는 그 곳을 나오고 싶었다. 관객을 위한 연극이 아니라 그들 스스로 만족하기 위해 몸을 이리저리 돌려보며 거울을 들여다보는 행위에 일종의 모욕감을 느꼈기 때문이다. 배우와 관객이 서로 교감하지 않는 연극은 의미가 없다. 그들과 우리가 비록 좀 미묘한 자리에서 만났다 할지라도 각자의 역할은 성실히 해내야 할 것 아닌가. 그들이 살아있는 사람으로, 관객의 눈빛과 교류하지 않고 오로지 나르시시즘에 빠져 관객을 무시하고 있다고 생각되자 나는 자리를 털고 일어나고 싶었다.

의미 없는 행위를 지켜보는 것도 고역이었다. 그러나 나는 같이 간 사람들과 동행해야할 의무감을 지녔기에 그대로 앉아 시간을 죽이고 있었다. 무료함을 달래려 홀 안을 둘러보았더니 모두들 무대의 현란함에 열광하고 있었다. 모처럼 자신을 무장해제하고 앉아 너 남을 잊고 부딪치며 즐거워하고 있었다. 무대에 빠져있는 적극적인 관객들은 탄성을 지르기도 하고 휘파람을 불며 달뜬 야유를 보내기도 했다. 어떤 이는 금방이라도 뛰쳐나가 그네들을 어루만지고 싶은 표정이었다. 아, 저것 때문이었구나. 그네들이 관객의 눈빛과 교류하지 못하고 거울에 시선을 두고 있었던 것은 인간의 몸뚱이조차도 상품으로 관람하고 있는 관객들의 눈빛을 피하기 위해서였구나. 그들이 비록 상품으로 나와 있을지라도 자신들을 바라보는 시선에 욕망을 담은 관객들을 감당하기에는 벅찼을 것이다. 뿐만 아니라 그들을 바라보는 눈초리에 행여 담겨 있을지도 모르는 연민이나 동정 그런 것들을 엿보고 싶지 않았을 것이다. 결국 그들도 관객들과 똑같은 감정을 지니고 있는 사람들인데 그 많은 사람들의 시선을 받으며 서 있기가 왜 고역스럽지 않을 것인가. 그런데 나는 그네들이 관객과 교감하지 않고 자신들의 놀음에만 빠져 있다고 비난하였던 것이다. 아무리 자본주의 사회라 해도, 대가를 지불하고 들어간 장소라 해도 내 가슴이 이렇게 차가워졌다는 사실에 더할 나위 없이 비애스러워졌다. 그네들이 나르시시즘에 빠져 관객들과 시선을 교류하지 않는다고 터무니없는 욕심을 부린 건 내가 그네들의 아름다움을 질투한 투정이었을까.

그 날 저녁, 나는 모처럼 복잡한 생각 없이 흥겹게 그 술집을 나올 수 있었다.

세 한 도(歲寒圖)

　사람이 살다보면 대상의 크고 적음과는 상관없이 탐심이 생기는 물건이 있기 마련이다.

　그림 전시회에 가면 마음에 드는 작품이 있고 도자기 전시장에 가면 꼭 지니고 싶은 도기가 있듯이 말이다. 그건 그 사람의 개인적 취향일 뿐 그 이상의 무엇은 아닐 것이다. 내가 갖고 싶은 것, 내 집 거실에 앉아있을 때 마주하는 자리에 걸어두고 눈 맞추고 싶은 것은 다름 아닌 세한도歲寒圖(국보 제180호)다.

　겨울바람이 휩쓸고 간 자리에 곧 무너져버릴 듯한 허름한 집 한 채, 좌우로 잣나무와 소나무 네 그루가 서 있고 나머지는 온통 여백뿐인 세한도. 어떻게 보면 싱겁고 엉성하기 짝이 없어 보이는 이 작품 어디에, 현란하리만치 호화로운 미술품이 많은 이 시대에도 그것만을 고집하게 하는 그런 매력이 숨어 있는 것일까. 순전히 작품 속에 드러난 추사의 꼿꼿하고 엄숙한 정신 때문인지, 아니면 시국의 혼란스러움이 주는 반향으로 그 진가를 더욱 발하는지는 나도 단언 할 수 없다.

세한도는 1844년 58세의 추사가 유배지 제주도에서 그린 문인화다. 자신을 잊지 않고 먼 곳에서 책을 보내 주는 제자 역관譯官 이상적의 정성에 감격, 그를 위해 그려 보낸 것이다. 세한도의 구도는 엉성해 보이지만 실은 완벽한 삼각형 구도라 한다. 그림 오른쪽 아래 구석과 집 옆 늙은 소나무 가지를 선으로 잇고, 그 곳에서 그림 왼쪽 아래 구석으로 선을 그리면 바로 삼각형이 된다. 그래서 불세출의 서예가다운 놀라운 구성력이라고 하지 않았던가. 보고 또 보아도 세한도가 좋은 이유가 바로 여기에 있다고 한다. 또 그림의 내용으로 들어가 보면 어떤가. 그림은 전체적으로 텅 빈 느낌이다. 이는 절해고도에 홀로 버려진 늙은 추사의 심정 그대로일 것이다. 그러나 역경을 이겨내는 추사의 의지가 그대로 들어 있어 한층 진가를 높여준다고도 볼 수 있다. 집 또한 허름하지만, 붓의 선은 침착 단정하여 초라함이나 연민 따위가 끼어들 틈이 없다.

이 그림엔 유배 당한 옛 스승을 존경하는 제자와 그 제자를 격려하는 스승의 따스한 마음이 어려 있다고 한다. 그림 오른쪽 소나무 두 그루 중 왼쪽의 곧고 젊은 나무가 없었더라면 추사의 집은 무너져 버렸을 것이라고 분석하기도 한다. 윤곽만 겨우 있는 추사의 집을 받쳐주는 튼튼한 나무, 그게 바로 추사의 제자라는 것이다.

집 왼쪽의 싱싱한 잣나무 두 그루도 마찬가지다. 수직상승하는 싱싱한 나무는 고독을 이겨내는 의지이자 제자를 통해 이 땅의 내일을 밝히려는 추사의 간절한 희망에 이입시켜 해석한다. 당대 최고의 걸작 세한도, 견고한 그림이지만 아래 한 구석엔 추사의 애틋함이 숨겨진 네 글자의 붉은 도장이 찍혀있어 보는 이의 가슴을 저미게 한다. 오랫동안 서로 잊지 말자는 장무상망長毋相忘이라는 글자다.

　이 작품이 걸작으로 평가받는 이유는 더 많이 있을 것이다. 그러나 내가 세한도를 좋아하는 이유는 절묘한 구도나 기법보다는 그림에 용해되어 있는 추사의 정신 때문이다. 그 중에 스승과 제자와의 따스한 마음도 좋지만, 어려운 시절을 이겨내는 추사의 꿋꿋하고 엄숙한 정신은 절로 흠모하는 마음을 일게 한다. 견고한 그림 속에 감춰져 있는 흔들리지 않는 고매한 인품이나 의지는 그걸 바라보는 내 마음을 숙연하게 한다. 유배지에서 외롭게 살지언정 자신을 가다듬는 일을 게을리 하지 않으며, 한 발 나아가 제자를 통해 밝은 미래를 꿈꾸는 희망찬 의지가 오늘을 사는 우리들에게 묵언의 교훈이 되기 때문이다.

　오늘의 우리는 어떻게 살고 있는가. 매찬 비바람에도 돌과 같아 흔들리지 않고 냉철하며 유혹에 빠지지 않는 사람들이 과연 얼마나 있는가. 고매한 인품을 가진 사람은 찾아보기 힘들고, 어렵고 힘든 일을 당할 때 찾아가 마음을 털어 놓을 대상이 없다. 사람들에게 선은 오로지 자신에게 이득이 될 때만 붙여지는 이름이 되어버렸다. 그렇다고 우리가 추사의 정신만을 가지고 현실을 살 수는 없고, 현실에서는 현실에 대응할 수 있는 무엇들이 필요하다. 다만 혼탁해진 세상에서 살고 있더라도 한 번쯤 세한도를 올려다보며 흔들리지 않는 기개와 마음 맑히는 시간을 갖게 된다면 그 또한 얼마나 큰 복이랴 싶을 뿐이다.

여 심(女心)

막내 녀석을 데리고 병원엘 갔다. 건강한 아이인데도 좀 무리를 하면 편도가 붓고 열이 심하게 오르는 경우가 종종 있다. 이 아이의 아킬레스건인 셈이다. 이른 시간인데도 불구하고 병원 안에는 노인들이 대여섯 명이나 대기하고 있었다. 빈자리를 찾다보니 우리는 노인들과 마주앉게 되었다.

환자가 많았지만 내과 병원이기 때문에 실내는 비교적 조용했다. 응급 환자가 있는 것도 아니고 대부분 감기 환자거나, 장기간 치료를 받아왔던 사람들이어서 차분한 분위기였다. 그럴 때 누군가 <댁은 어디가 아파서 왔소?>하는 질문을 하거나, 자신의 이야기를 시작하면 주변 사람들은 그 이야기에 귀를 기울이기 마련이다. 노인들은 더러 자신의 병치레에 지겨워하면서도 은근히 효도하는 자식 자랑으로 열을 올리기도 한다. 아들 녀석의 체온을 재고 난 다음 여유가 생기자 나와 정면으로 앉아 있는 할머니들에게 관심이 가기 시작했다. 나란히 앉은 두 할머니는 비슷한 연배로 보였다. 그러나 외모로 나타나는 두 노인은 대조적이었다.

그래서인지 두 노인은 서로 뭔가를 탐색하는 것처럼 힐끔힐끔 쳐다볼 뿐 직접적인 대화는 하지 않았다.

한 할머니는 키가 작달막하고 피부가 가무잡잡하며 살집이 꽤 있어 보였다. 모자를 쓰고 있었지만 흰머리는 그리 많지 않았다. 단단해 보이는 체격 탓인지 요샛말로 표현하면 야성적으로까지 느껴졌다. 다른 할머니는 키가 크고 몸매가 호리호리하며 피부가 하얘서 곱게 늙었다는 인상을 주었다. 입고 있는 옷 또한 아주 깔끔하고 귀품이 있어 보였다. 그러나 무엇보다도 할머니는 흰머리 투성이였다. 내 시선은 주로 키가 작은 할머니에게 붙들려 있었는데 그 할머니는 매우 거칠게 껌을 씹어댔다.

그때였다.

"나는 지금도 이빨이 아퍼서 껌을 못 먹는디 할머니는 치아가 참 좋소잉? 이빨이 튼튼한 것도 복이지라우."

돌연히 내 옆의 중년 여자가 침묵을 깨고 나섰다. 그 말을 들은 노인은 껌이 입술에까지 삐져나오도록 입놀림을 과장해서 자신의 건강한 이를 내보여주었다. 앞의 네 개는 은니였지만 나머지는 건강한 치아였다. 키가 작은 할머니에게 시선이 집중되자 키 큰 할머니가 옆의 노인을 힐끗 쳐다보았다. 거기까지는 아무런 일도 일어나지 않았다. 문제는 키 작은 노인의 치아를 부러워하던, 늙지도 젊지도 않은 중년의 여자로부터 시작되었다. 그녀는 두 노인을 비교하여 자신의 편견대로 말을 해버린 것이다. 그녀는 키 큰 노인에게 먼저 나이를 물었다.

"할머니는 몇 살이시오?"

"나 말이요? 일흔 아홉이요."

"나보다 한참 아래고만."

키 작은할머니가 반색을 하며 끼어들었다.

"집이는 몇 살이간디 그러시요?"

키 큰할머니가 뾰루뚱해져서 좀 앙칼지게 물었다.

"나는 야든 하나요."

아주 당차게 대답을 한 키 작은 할머니는 의기양양해져서 입놀림을 더 격렬하게 해댔다. 입가에 마른침이 하얗게 묻어 났다. 내가 보기에 두 살 차이면 80년의 세월을 산 노인들에게는 아무런 변별력을 가질 수 없을 것 같은데 그렇지 않은 모양이다. 이렇기 때문에 오뉴월 하룻빛이면 ……하는 속담이 건재하는지도 모른다.

"그런디 할머니가 훨씬 젊어보이요잉. 주름살도 적고 흰머리가 별로 없구만이라우."

중년 여자의 말이 떨어지기가 무섭게 키 큰 할머니가 고개를 외로 돌리더니 키 작은 할머니의 전신을 훑어보았다. 그리고는 키 작은 할머니의 푸짐한 뱃살에 손을 얹더니 일격을 가했다. 아마 호리호리한 자신에 비하면 상대의 아킬레스건이라고 생각한 모양이다.

"뭘 살이 이렇게 많다요. 키도 땅딸하고만."

"집이도 만만치 않고만 뭘 그러요? 오메, 이 손 좀 봐. 손등이 동글동글 하고만."

"이건 요새 붓었다가 살이 된 것이요."

"누구나 붓은 것이 살이 되지 처음부터 살이 찐다요?"

키 작은 할머니에 의해 매몰차게 손이 뿌리쳐진 키 큰 할머니는 무참해진 듯 자신의 손을 어루만지기만 할 뿐 말이 없었다. 대화는 여기서 끊겼다. 잠시 침묵이 흐르는 동안 나는 가슴이 조마조마하였다. 순해 보이는 할머니가 입을 다문 것으로 보아 이쯤해서 그만 둘 것 같긴 했지만 왠지 걱정이 되었다. 나는 내 옆의 중년 여자를 돌아보았다. 하고 있는 행색으로 보아 녹녹한 삶을 산 것 같지는 않았다. 왜 이 여자는 생각 없이 말을 막 하는 것일까. 아니면 고와 보이는 키 큰 할머니에게 심술을 부리는 이유라도 있는 것일까. 내가 보기에는 인상이 온화해 보이고 깔끔한 것으로 보아 키 큰 할머니가 훨씬 더 호감이 가는데. 말없이 고개를 숙이고 만지작거리고 있는 키 큰 할머니의 손은 참으로 고왔다. 검버섯이 조금 핀 것만 제외하면 노인의 손치고는 아주 예뻤다. 손톱도 내 것처럼 투박하게 자른 것이 아니고 멋부리는 젊은이들처럼 모양을 내어 예쁘게 잘랐고 또 손톱의 빛깔도 건강한 분홍색이었다. 어떻게 봐도 키 작은 할머니보다는 품위가 있어 보였고, 또 순조로운 인생을 산 사람들이 그렇듯이 맑고 투명한 인상이었다. 그럼에도 두 살 더 먹은 옆의 노인보다 더 늙어보인다는 말 한 마디에 할머니는 무척 자존심이 상해 있었다.

그러니 분위기가 이상해질 수밖에 없었다. 키 작은 노인은 두 살 더 많음에도 더 젊어 보인다는 중년 여자의 말에 의기양양해져서 지나다니는 노인들을 흘끔거리며 심장이 안 좋아서 10년째 이 병원을 다닌다며 목소리의 톤을 높였다. 키 큰 할머니는 여전히 자신의 손을 내려다보며 말이 없었다. 나는 이쯤해서 결단을 내리려고 하였다. 뭔가 내 의사를 표현해서 키 큰 할머니의 기분을 풀어 드려야 한다고 생각했기 때문이다. 그러나 나는 망설이지 않을 수 없었다. 중년 여자의 말 한 마디에 한 노인은 천군만마를 얻은 양 사기충천해 있고 한 노인은 의기소침해서 화를 끓이고 있지 않은가. 내가 노인을 위로한답시고 말 한 마디 잘못 했다가는 싸움이 일어날지 누가 알겠는가. 그때 아들이 호명되었고 나는 자리에서 엉거주춤 일어섰다.

　진찰을 마치고 자리로 돌아오자 키 작은 할머니는 진료실로 들어가고 안 계셨다. 나는 그 할머니가 앉아있던 그 자리에 앉았다. 키 큰 할머니의 마음을 풀어드릴 방법이 없을까 생각하고 있는데 할머니가 먼저 말을 건네왔다.

　"새댁이 보기에도 내가 그리 늙어 보이요?"

　"아니에요, 할머니. 보는 사람에 따라 다 다른 거예요. 저는 할머니가 더 젊어 보이는 걸요? 아주 고아보이세요."

　"아녀. 내가 더 늙어보이는 것이 진짜일 거여. 이빨이 없어 나는 고기도 못 먹는 걸. 나도 아플 때 거울을 보면 내 얼굴이 보기 싫거든. 올 봄에 아프고 났더니 더 늙어 버렸어."

　"할머니 손은 제 손보다 더 예쁘신데요. 할머닌 아주 멋쟁이세요."

　나는 슬그머니 할머니의 손을 쥐고는 내 손바닥으로 비벼보았다. 예쁜 손이었지만 감촉까지 좋은 건 아니었다. 그래도 할머니는 한결 기분이 좋아진 모양이었다. 그때 진찰실에 들어갔던 할머니가 지팡이를 짚고 절룩거리며 걸어나왔다. 그 모습을 보는 키 큰 할머니의 얼굴에 안스러운 표정이 스쳐갔다.

　"지팡이가 없으면 혼자 걷지도 못하겠구만. 쯧쯧."

　"그러게요. 아주 건강해 보이셨는데도 그러네요."

　"젊어뵈면 뭘해. 사지육신이 멀쩡해야지. 안 됐구먼, 안 됐어."

　할머니가 다가오자 나는 자리에서 일어섰다. 이제는 두 할머니가 나란히 앉아도 걱정할 일은 생기지 않을 거라는 확신이 생겼다. 서로의 경계가 허물어졌을 때, 특히 상대의 아픔을 감지했을 때 인간은 끝간데 없이 여유로워지지 않던가. 내 생각은 정확했다. 약을 받아들고 나오는 내게 두 할머니는 자매처럼 나란히 앉아 손을 흔들어 주셨다. 하얗고 예쁜 손과, 검버섯 핀 투박한 두 손을 떠올리며 나는 삶은 늘 불안정해서 딱히 뭐라고 규정지을 수는 없지만, 그래도 참 아름답다는 생각을 하였다.

잃어버린 길을 찾아서

극장엔 혼자 가더라도 산행은 혼자 할 일이 아니다.

일요일 오후, 혼자서 아파트를 지나 등산로 초입을 향해 걸었다. 큰길을 따라가면 아파트 후문의 쉬운 등산로가 나오지만 거리가 좀 멀었다. 그러나 오른쪽의 샛길로 들어서면 지름길이다. 마을의 밭둑을 따라 주욱 올라가면 산등성이에 다다를 수 있기 때문이다. 전에도 가본 경험이 있어서 망설이지 않고 그 길을 택하였다. 농가가 몇 채 있는 동네로 들어서 걷다가 잠시 멈춰 있는 자리에서 보니 어느 둑길을 따라가도 밭이 끝나는 지점에서는 등산로를 만날 수 있을 것 같았다.

갈림길, 세 갈래 길에서 나는 첫 번째 길을 택하였다. 첫 번째 길을 보니 저만치서 아주머니가 채소를 갈무리 하고 있었다. 길이 아니면 물어서 되돌아오리라는 생각까지 하고는 주저하지 않고 그 길을 걸었다. 그러나 그것은 일방적인 내 생각일 뿐이었다. 허긴 인생을 살다보면 길의 방향조차 마음대로 되지 않을 때가 있긴 하다. 그래서 우리는 모든 문을 비상구로 생각하면서도 그곳으로 나갈 수 없다는 것을 전제하고 있지 않은가. 둑길 양 옆으로 심어져 있는 탐스런 야채들을 바라보며 기분 좋게 걷던 나는 아주머니의 고함 소리에 깜짝 놀랐다. 나는 별 생각 없이 걷고 있었는데 그 아주머니는 인기척 없이 다가온 나 때문에 깜짝 놀랐다는 것이다. 얼마나 화를 내는지 민망해진 나는 변명할 여유도 갖지 못하고 도망치듯 그곳을 지나쳤다. 내가 뭘 잘못한 걸까? 어이없이 당했다는 생각에 화가 나려고 했다. 질척거리는 밭둑길을 걷고 있었으니 분명 발소리를 냈을 텐데도, 자신의 상념에 빠져 내 발소리를 못 들은 자신을 탓하지 않고, 기척하지 않은 내게만 책임 전가를 하는 아주머니가 못마땅하였다. 엉겁결에 나는 등산로를 묻지도 못하고 그 길을 따라 계속 걸었다.

막다른 길에 서서보니 꽤 넓은 시누대밭을 지나면 등산로가 나올 것 같았다. 그러나 썩은 나무로 다리가 놓인 또랑을 아슬아슬하게 건너 둔덕 위로 올라갔지만 길은 없었다. 꼬불꼬불한 작은 길들은 밭과 밭을 잇고 있을 뿐이었다. 장마철이어서 모기는 윙윙거리고 잡초가 자란 묘지들이 섬뜩한 느낌을 주었다. 갑자기 탱탱하게 일어서는 세포들의 긴장을 느끼며 이렇게 헤매다가 산에 오르지도 못하고 어두워지는 것이 아닌가 하는 생각이 들었다. 마음에 미미한 균열이 일었다. 그렇지만 왔던 길로 돌아설 수는 없었다. 분명히 이 마을 앞을 지나 등산로로 행했던 기억이 있기 때문이었다. 할 수 없이 사람이 다닌 흔적이 거의 없는 시누대밭을 헤치고 한 면이 훤한 곳으로 걸어가 보았다. 세상에! 이 마을, 작은 산에도 이렇게 처녀림 같은 숲이 있었다니. 두 개의 봉분이 꽤 넓은 사이를 두고 있는데 주변의 느낌이 뭐라 형언할 수 없을 정도로 묘한 아름다움을 자아냈다. 사람의 손길이 닿지 않아 야생적으로 자란 짙푸른 잡초들이 무성해 있고 그 사이로 엉겅퀴꽃이 요염하게 피어 있었다. 아니, 그곳은 차라리 엉겅퀴 밭이라고 해야 할 만큼 주변이 엉겅퀴 천지였다.

　해가 나지 않는 날의 숲 속은, 비 온 뒤의 숲 속은 더 아름답고 신비롭게 보인다. 그런 날 녹색의 풀들과 어우러져 핀 붉은 보랏빛 꽃은 나로 하여금 마치 꿈속을 걷듯 몽롱하게 하였다. 예기치 않은 우연은 인간에게 특별한 감정을 자아내게 하는 것인가. 꽃밭에서 나는 잠시 감각이 제어되지 않는 황홀한 순간을 경험하였다. 그렇게 시간이 조금 흐르자 이상스레 고요한 적멸 같은 것이 번져갔다. 아무런 사념 없이 탐스런 대궁에 시선을 주고 있는데 꽃이 춤을 추었다. 바람이 꽃대를 유혹했는지, 대궁 속의 격정이 바람을 만들어냈는지는 나도 알 수 없었다. 그러나 잠시 별천지에 와 있는 것처럼 꽃들의 유혹에 빠져있던 나는 등산로를 찾아 그곳을 떠나야 했다.

　좀 전의 적멸의 순간은 어느새 현실 속에서 자취를 감추고 말았다. 아무리 내가 타인을 의식하지 않고 산다 해도 장마철에 작은 마을 앞 둑길에서 헤매고 있는 것을 보는 사람들은 나더러 뭐라 할까. 나는 이곳에서 등산로 찾는 것을 포기했다. 그리고는 아파트 후문으로 나 있는 등산로를 찾아 방향을 바꾸기로 하였다. 아파트는 저만치서 그 위용을 자랑하고 있으니 그걸 보며 내려가면 되는데, 문제는 목표물이 눈에 보인다고 해서 모든 길이 다 가능한 것은 아니라는 것이다. 인생도 그랬다. 미로 찾기처럼 출발점과 도착점이 한 눈에 다 보여도 경유해서 찾아야 하는 길은 그리 수월하게 찾아지는 게 아니었다. 도중에 복병을 만나 피 흘리는 싸움을 치르기도 하고 무릉도원 같은 아름다운 장소를 경유하는 행운을 만나기도 한다.

결국 나는 아파트 후문을 향해 고지대의 마을에서 내려오고 있었지만 그것 또한 수월하지 않았다. 집들은 쓰러져가듯 허술하였지만 비닐하우스가 길 양 옆으로 주욱 들어서 있는 곳에 다달았다. 하우스 안에서는 토마토가 수확기에 달해 풍성함의 극치를 보여 주고 있었다. 어느 집 앞을 지나칠 때 정확한 길을 물어봐야겠다는 생각이 들었다. 더 이상 헤매고 있을 수는 없는 일이었다. 낡은 툇마루 같은 곳에 앉아있는 아저씨에게 물었다.

　"아저씨, 이 길로 가면 저 아래 아파트에 갈 수 있습니까?"

　"난 모르요. 여기는 집이지 길이 아니요."

　"길을 잘못 들어서 그럽니다. 큰 길이 나오는 곳을 좀……"

　"아, 글쎄. 내가 틀린 말을 했소? 나는 모른다잖소? 모르는 걸 나보고 어쩌란 말이요?"

　아저씨의 말투는 퉁박스럽다 못해 죄 지은 아이를 나무라는 화난 아버지의 말투 그것이었다. 더 물었다가는 삿대질이라도 하며 달려들 것 같아 뒤로 물러섰다. '인심 한 번 고약하다'는 말이 목울대까지 치밀어 올라 왔지만 나는 입을 다물었다. 그 아저씨는 대상이 정확하지 않은 화풀이를 나에게 하고 있다고 생각되었다. 길을 모를 수는 있다. 그러나 길을 묻는 내게 그토록 강하게 자기감정을 드러내고 있었기 때문에 이곳 주민들로부터 피해를 당하고 있는지도 모른다는 생각이 들기도 했다. 이제 되돌아 갈 수도 없어, 길도 아니고 마당도 아닌 그곳을 지나쳐 한 굽이길을 돌아서니 아파트 후문이 보이는 게 아닌가.

　한 시간 정도를 헤맸지만 그냥 돌아설 수는 없었다. 저녁 시간이 되어가자 지나다니는 사람이 별로 없었지만, 등산화까지 신고 나와서 산에 오르지 않고 돌아간다는 것은 내 스스로 용납되지 않았다. 천천히 산을 오르며 좀 전에 일어난 일들을 되짚어 보기 시작했다. 삶은 결코 우연의 연속이 아니었다. 어떤 이는 하찮고 우연한 일들이 인생을 끌어간다고 하였지만 그런 건 아니라는 생각이다. 내가 등산로를 찾는 일만 해도 그랬다. 걷다가 마을이 보이자 뭔가 흥미로운 경험을 쫓아 마을길로 들어섰기 때문에 그런 고생을 한 것이다. 조금 멀더라도 아파트 후문으로 돌아갔더라면 등산로는 쉽고 정확하게 찾아갈 수 있었다. 내게 화를 낸 아주머니는 타당한 이유가 없다. 내가 인기척을 안 냈다고 하나 내 잘못만은 아니다. 나는 길을 따라 갔을 뿐이고, 내 입장에서 보면 일부터 소리를 낼 필요까지는 없었다.

길을 물었을 때 화를 낸 아저씨도 그렇다. 모르면 모른다고만 하면 되지 구태여 화까지 낼 필요는 없었다. 그러나 산을 오르며 나중에야 스치는 생각이었는데 뭔가 터부시되는 장소에 사람이 나타나서 그랬을 거라는, 그런 식의 느낌이 되살아났다. 아, 그렇구나. 그 이유를 이제야 알겠다. 내가 마당 겸 길인 그곳을 지나오며 사람 소리 나는 쪽을 흘깃 보았는데 헛간 같은 곳에 마악 따온 토마토가 산더미처럼 쌓여 있었다. 첫 출하의 신성한 장소에 외인이 나타나서 그 아저씨는 내게 그렇게 화를 냈을 것이다. 그것도 아니라면 어쩌면 토마토에 방부제를 뿌리고 있는 중이었는지도 모를 일이다. 자신이 지닌 음모를 내게 은폐시키기 위한 방편으로 화를 냈는지도.

내 삶도 그러한 적이 있었을까. 상대는 아무런 잘못 없이, 즉 의도적인 어떤 행위도 하지 않았는데 나는 상대를 오해하고 원망한 적은 없었던가. 또는 자신의 허위를 감추기 위해 타인의 삶을 방해한 적은 없었던가.

오늘 시행착오를 좀 겪긴 했지만 결국 완벽한 등산로를 찾아 산행을 시작했듯이, 내 삶을 되돌아보며 자신을 고르게 다져보는 계기가 되었는지도 모를 일이다.

그래서 삶은 공평하다. 내가 모기가 득실거리는 시누대밭을 지나자 화려한 엉겅퀴꽃밭을 만나 황홀감에 젖었듯이, 인생은 늘 굽이진 길만 있는 것도 아니고 평지만 있는 것은 아니다. 누구든 알게 모르게 타인에게 해를 끼치기도 하고 해를 입기도 할 것이다. 생겨나고 사라지는 모든 것의 중심이 나에게 있으니, 내가 존재하지 않는다면, 산에 오르겠다고 집을 나서지 않았다면 그날의 헤프닝도 일어나지 않았을 것이고, 그들로부터의 오해도 받지 않았으리라. 엉겅퀴밭에서 잠시 느꼈던 환의 체험처럼 모든 것의 생성과 사멸이 내게 있다고 생각하면 오늘 겪은, 아니 살면서 겪어야 하는 모든 희노애락 또한 기꺼이 받아들여야 하지 않겠는가.

나는 다시 결심한다. 영화는 여럿이 보더라도 등산은 혼자 다녀도 좋을 일이다.

할머니 別曲

어제부터 내리기 시작한 비가 좀체로 그칠 것 같지 않습니다. 기승을 부리는 무더위에 시달린 것을 생각하면 시원스레 쏟아지는 빗줄기가 무척이나 반갑지만 한편으로는 걱정을 떨쳐버릴 수가 없었습니다. 며칠 전에 우리 아파트의 같은 통로에 살던 할머니 한 분이 돌아가셨답니다. 내가 그 할머니의 혈육은 아니지만 무덤의 뗏장이 씻겨 내릴까봐 걱정이 되는 건 왠일일까요? 자식들이 아니어도 누군가가 돌보겠지만 그래도 걱정이 되는 걸 어떡합니까. 그 할머니 돌아가시기 전에는 어찌나 깔끔하고 부지런하셨던지 그 분이 돌아가시기 며칠 전까지만 해도 환자라는 걸 아무도 알지 못했답니다. 아니, 그건 변명일지도 모르겠어요. 간암으로 돌아가셨는데, 혼자 이겨내야 하는 외로운 투병 생활을 몇 개월간이나 하셨는데 그걸 모르고 있었다는 게 말이나 되겠어요? 순전히 우리들의 무관심 탓이었겠지요.

할머니가 영구차에 실려 우리들 곁을 영원히 떠나던 그날 오후였지요. 컴퓨터 앞에 앉아, 억지 감정을 자아내려니 머릿속이 지끈거려 밖으로 나왔을 때였어요. 영구차가 마악 도착하고 있었어요. 우리 통로 앞에 멈추자 참말 잘 생긴 그 할머니의 아들 손주들이 줄을 이어 내려서는 것입니다. 아들 넷에 딸 둘이었으니 그 행렬의 화려함은 말할 나위가 없었지요. 검은 양복에 흰와이셔츠를 입은 건장한 남자들을 보면서 나는 할머니를 떠올렸답니다.

"우리 미느리들은 다 잘 배워서 내가 너무 조심스럽당게. 내가 사는 아파트가 불편하다고 명절 때에도 내려오지를 안혀."

일년에 한 번도 찾아오지 않던 그 잘난 며느리들이 온 걸 보면 장례식에는 어쩔 수가 없었나 봐요. 하긴 그들에게 시어머니란 존재가 얼마나 의미 있었겠어요? 오로지 남편과 자식에 눈이 멀어 초라하게 혼자 남아 있는 어머니는 안중에도 없었던 게지요. 아, 내가 자꾸 흥분하고 있나봐요. 사실은 내 자신에게 화를 내고 있는지도 모릅니다. 어쩌면 내게도 그 며느리 모습이 없다고 장담할 수 없거든요. 하여튼 초상집에 자손이나 손님이 많은 건 언제나 보기 좋은 것 같아요. 모두들 서둘러 돌아갔어도 할머니 댁엔 웅성거림이 계속 되었거든요. 그런데 아이들이나 여자들의 웃음소리가 바람 타고 허공을 맴돌 땐 왠지 내 마음이 공허해지더군요. 아무리 천상으로 가셨다 해도 예순 여덟의 할머니는 이승을 내려다보며 헛헛한 표정을 짓고 계실 것만 같았습니다.

갓 마흔에 남편을 떠나보내고 여섯 남매를 아주 훌륭히 키우신 할머니였답니다. 현실적인 의미로 정말 훌륭하게 키우셨어요. 네 아들 모두 명문대학을 나와서 좋은 직장 다니지, 그 며느리들 또한 해외 연수를 시댁 오가는 것보다 더 자주 하는 잘난 사람들이니 그 이상 뭘 더 바라겠어요? 단지 외롭다는 것, 그래서 가끔은 먼저 가신 영감님 사진을 놓고 눈물 찍어내는 것만 제외하면 별로 부족한 게 없었겠지요.

언젠가 연말이었어요. 우리 통로에서 몇 분 안 되는 노인들께 온천욕을 시켜드린 적이 있었지요. 그때 가장 즐거워하신 분이 바로 그 할머니였답니다. 이웃 덕분에 참 행복하다고 하셨던 걸로 기억해요. 그때 내 가슴에 난데없는 대못이 하나 박히더군요. 당신이 고생하신 것에 비하면 너무 호사하지 못하셨어요. 아니, 호사는커녕 외로움에 떨어야 했던 숱한 날들을 헤아려보면 어머니란 존재에 대해 비애감이 느껴질 지경입니다. 그 할머니를 보면서 자식이 성공하면 할수록 부모는 더 외로워진다는 것을 절감했지요.

오늘 아침이었어요. 일층에 내려갔다가 아무렇게나 내다버린 물건들을 보았지요. 물론 그 할머니의 소지품들이었어요. 굳이 유품이라고까지는 말 할 수 없어도 할머니의 손때와 정이 스며있는 물건들이었지요. 언젠가 우리 집에 호박죽을 담아 주셨던 스텐 그릇이 눈에 들어와서 가슴이 울컥했어요. 이상하게도 돌아가셨다는 말을 들었을 때보다도 더 심한 감정에 휘말렸지요. 때론 사람에겐 이렇게 예측할 수 없는 감정이 생기나봐요. 이제 그분을 다시 뵐 수 없다는 것보다도, 그 분이 남긴 유품이 사라지는 것을 보면서 감정이 더 자극되니 말이에요. 어쩌면 그분의 정이 스며든 것들이어서 그랬을지 모르지요.

할머니가 그토록 애지중지 하던 물건들을 헌신짝 버리듯 쓰레기통에 쑤셔놓은 것을 보면서 그들에게 뭘 기대하지는 않았어요. 다만 상喪에 대한 예禮나 의식이 달라진 사람들을 잠시 탓해 보았을 뿐이었어요. 그러면서 그 물건들을 두면 뭐하겠느냐며 그들의 처사가 합리적일지도 모른다는 생각을 해보았지요.

오후에 외출하는 길이었어요. 엘리베이터를 기다렸지요. 12층에 한참을 머물더니 곧장 8층에서 멈추더군요. 한마디로 만원이었어요. 그래도 나는 그들 사이로 비집고 들어가 자리를 잡았지요. 그런데 코를 자극하는 향수 냄새가 엘리베이터 안에서 진동하는 거에요. 검정 양복의 두 남자 옆에는 아주 화려하게 차려 입은 여자들이 서 있었습니다. 나도 모르게 탐정이 되더라구요. 어디서 용기가 났는지 나는 고개를 빳빳하게 쳐들고 그들을 뜯어보기 시작했어요. 참말 미인이더군요. 색조 화장으로 잘 치장된 얼굴이 윤기로 반짝반짝 빛나더라구요. 그녀들이 덧칠한 붉은색의 립스틱이 내 마음을 붉게 물들였지요.

어디 그뿐이면 다행이게요. 이런 이야길 듣고 너무 흥분하지 마세요. 할머니의 며느리는 와인빛의 머리에 다홍색의 리본 달린 핀을 꽂고 있었어요. 요즘 유행하는 유아틱한 핀 있잖아요? 우리 딸들이 하고 다니는 거 말예요. 잘못 봤다구요? 그랬으면 좀 좋겠어요? 아무튼 할머니의 며느리는 붉은 빛깔의 예쁜 리본핀을 꽂고 있었고 나는 그들이 모두 내리고 엘리베이터 문이 닫힐 때까지 멍하니 서 있었지요. 한참 후에야 열림 버튼을 누르고 밖으로 나왔답니다. 그들을 싣고 움직이는 승용차의 트렁크가 어찌나 반짝이던지 나는 부신 눈을 감지 않으면 안 되었지요. 순간 할머니의 얼굴이 그 위에 얹혀지더라구요. 할머니가 평소 자랑 삼아 하시던 말씀이 떠오르더군요. <우리 큰미느리는요 Y여대를 나왔고 둘째 미느리는 남자도 들어가기 어렵다는 S대를 나왔소안.> 달아나는 차의 뒷 꽁무니에 대고 나는 무언가 소리치고 싶었어요. 그 할머니를 위해서라도 꼭 그래야 할 것만 같았어요.

4부

표면적 줄이기

표면적 줄이기

　옷을 입을 때마다 비애스럽다. 최근 들어 허리 사이즈가 많이 늘었기 때문이다. 불과 두 해 전까지만 해도 내가 살이 찌고 있다는 것을 느꼈을 때, 평생 말라깽이로 살아왔음으로 그것은 차라리 기쁨이었다. 그러나 그 기쁨은 잠시, 나잇살이라는 것은 결코 만만치 않았다. 처음엔 맞지 않는 옷들을 고치려 수선집에 들락거리며, 또 가족들에게 나도 살이 찌고 있다고 법석을 떨었다. 살찌는 일이 무슨 자랑이라도 되는 듯이. 그러나 이제는 옷들이 모두 고쳐 입을 수 있는 정도가 아니기 때문에 신경 쓰이는 일이 많아졌다. 체형이 달라짐에 따라 미시족에도 미세스족에도 속하지 못해 들락거리던 단골 매장부터 바꿔야 했다. 밖에서 돌아다니는 일이 번거롭고, 어디 가서 싹싹하게 말 붙이는 일조차 흔쾌하게 하지 못하는 성격이다 보니 스트레스가 되었다. 그래서 부피가 늘어나는 것은 새 옷을 사는 경제적 부담은 차치하고라도 이래저래 맞춰서 살아야 하는 인간 세상에서 그리 달가운 일은 못 되었다. 그러니 내가 느끼는 비애스러움은 가중될 수밖에 없었다.

예전엔 허리 사이즈가 30을 넘었을 것 같은 여자들을 보면 제 몸 하나 제대로 건사하지 못한다는 생각을 하였다. 자신에게 얼마나 무심했으면 저토록 대책 없이 살을 찌웠을까 싶기도 했다. 그때만 해도 나는 주변 사람들로부터 살이 좀 쪄야 한다는 소리를 자주 듣고 있었다. 남편은 처가에 갈 때마다 혹여 자신이 잘못하여 내가 마른다고 생각할까봐 신경이 쓰이는 눈치였다. 실제로 나는 음식을 잘 먹는 편이었지만 신경이 예민해서인지 살이 찌지 않았다. 1년이면 몇 달 동안 보약을 먹으면서도 나는 늘 비실거렸다. 그러기를 몇 년, 나이 마흔이 훌쩍 넘자 예전과 달라지기 시작했다. 이름하여 나잇살이라는 것이 내게도 적용되었다. 아주 조금씩, 느낄 수 없을 정도로 조금씩 몸무게가 늘기 시작하더니 이제는 예전의 옷을 입을 수 없게 되고 만 것이다.

어느 날, 마트로 장을 보러 가게 되었다. 일주일에 한 번씩은 장을 봐야만 아이들 도시락을 준비할 수 있기 때문에 규칙적으로 가지 않으면 안 되었다. 그러니 새삼스러울 것도 없이 이것저것 사들고 집으로 돌아왔는데, 그날 따라 들고 온 보퉁이가 너무 많았다. 평소처럼 부엌에 부려 놓은 부식들을 냉장고에 정리하였다. 칸칸마다 제 자리에 들어갈 내용물을 채우고 문을 닫으려다 문득 묘한 기분을 느꼈다. 예전 같았으면 그것들을 냉장고에 정리하고 나면 뿌듯해야 했다. 그것들이 모두 내가 사랑하는 가족의 양식이 된다는 포만감에서 흐뭇했을 것이었다. 그러나 그 날은 아니었다. 아무리 배가 고픈 상태에서 쇼핑을 했다 해도 내 스스로도 한심하다는 생각이 들었다. 바게트, 슈크림빵, 갖가지 색깔별로 예쁘게 담아진 떡, 콩물국수를 할 수 있는 재료, 생선 찌개감, 온갖 야채와 과일……. 나는 내 식탁에 소스라치고 말았다.

어느새 나는 이런 사람이 되어 버렸을까. 형언할 수 없는 서글픔이 일었다. 이삼일 안에 먹지 않으면 맛이 떨어지거나 부패할 식품들을 그렇게 많이 사와서 어쩌자는 것일까. 다 먹을 수 없다는 것을 알면서도, 아니 물건을 집어드는 순간에는 이것저것 생각하지도 않고 욕심을 부린 까닭은 무엇일까. 내게 욕구불만이나 비정상적인 심리적 요인이 있는 건 아닐까, 이렇게 나도 망가지고 마는 것일까. 막연한 두려움이 몰려들었다. 머리끝이 쭈뼛쭈뼛 일어섰다. 언제부터 내가 그렇게 음식을 탐닉해 왔던 것일까. 그러면 그렇지. 내게도 몸피가 부는 이유가 있었음을 모르고 나는 애꿎은 나잇살이라고 내 자신을 변명하고 있었던 것이다.

끼는 옷을 입다가 잡히던 허리 살이 문득 부끄러워진다. 그게 어디 살아온 세월을 표징하는 것뿐이겠는가. 식탐의 결과일 테고 나라는 인간이 세상에 대해 부리는 욕심이 많아졌음을 단적으로 보여주는 것이 아니고 무엇이랴. 그것은 내가 굳이 원하지 않았는데도 어느 새 나태해진 내 의식 속을 비집고 들어와 나를 조종하고 있었다. 물질이 풍요로운 시대에 살면서 유난을 떤다고 생각할 수도 있다. 그러나 그 한 가지 사실만으로도 내가 현실을 대하는 마음가짐에 헛바람이 새어들게 하는 틈새를 가지고 있다는 것이 증명된 셈이다.

사고 싶을 것을 마음대로 살 수 있다는 것은 행운일 수도 있다. 그러나 그 즐거운 유혹에 빠지게 되면 자칫 자제력을 잃기 쉬운 것도 사실이다. 사고 싶은 걸 마음대로 사는 것은 얼핏 보면 문제가 되지 않을 수도 있지만, 가랑비에 몸이 흥건하게 젖듯 자신을 어찌할 수 없는 지경에 이르게 할 수도 있다. 인간이 뭔가를 해도 좋은 환경에서 자신을 다그치고 절제하는 일은 여간한 의지가 아니면 어렵기 때문에 조금만 방심해도 주체할 수 없는 상황까지 빠져들 수 있다. 지금의 내 자신이 그 단계에 이른 건 아닌지.

예전에는 사람들을 대하면서 상대가 못마땅한 일을 해도 드러내서 내 마음을 보이지는 않았다. 굳이 얼굴 붉히며 내 의견을 전달하지 않아도 내 마음 속에만 다져두면 내가 판단하는 옳고 그름의 경계선은 이미 그어진 셈이기 때문이었다. 그런데 지금은 상대가 틀렸으면 틀린 거라고 말해야만 직성이 풀린다. 전처럼 내 자신과의 다짐만으로는 성이 차지 않아 내 뜻을 상대에게 전하고 싶어 안달인 것이다. 그래서 나는 내 마음과 자주 싸운다. 틀린 것을 틀리다고 말해야 하나, 참고 담아두어야 하나 하는 문제로. 가끔씩 절제하지 못해 내 주장을 하고 나서 고통을 당하기도 한다. 그 모든 것들이 아마 내가 욕심을 부리기 때문일 것이다. 아무리 선善이어도 혼자만 고집하면 독선이 될 텐데 그것도 모자라 상대가 내 방식으로 따라와 주길 바란다면 그것은 과욕이 되지 않겠는가. 그래서 나는 혼돈스럽다. 이 다양한 삶들 속에서 보편적인 가치 기준을 어떻게 정할 것이며, 그 기준이 적용되기도 어려울 것이겠기에 말이다. 그런데 나는 세상에 대해 무슨 욕심을 부리고 있는 것인가. 자신의 욕심이나 줄일 일이지.

어떤 친구가 그랬다. 굵어진 자신의 허리를 만지면 혐오스러워진다고. 산에 대한 결벽증을 갖고 있는 사람이 아닐지라도 그 혐오감의 의미를 이해할 것 같다. 허리가 굵어진다는 것은 단순한 뜻이 아닐 것이다. 굵어진 허리만큼 세상사에 관한 욕심도 불어났을 것 아닌가. 아아, 늘어난 허리 사이즈만큼이나 불어나 있는 욕망을 나는 어찌 감당해야 할까. 잠시만 한 눈 팔고 나면 금세 변화하는 현실에서 욕망은 점점 사다리를 높이 쌓아갈 것이고 그 위에 서 있는 나는 어느 시점에서 추락할 것인가. 두렵다. 작은 소망들을 꿈꾸며 행복해 하던 시절은 다시 오지 못할 것인가. 의지할 이 한 사람만 있어도 세상이 온통 내 편처럼 느껴질 거라고 생각하던 시절, 소꿉놀이하듯 차린 신혼살림, 댓돌 위의 신발이 한 켤레 늘었을 때의 희열과 충만감, 처음 내 집을 마련했을 때의 기쁨, 그리곤 더 이상 욕심은 부리지 않겠다고 다짐하던 때가 언제였던가.

나는 다시 냉장고 문을 열고 물건들을 끄집어냈다. 보기만 해도 군침 도는, 진열대에서 바구니에 담을 땐 더없이 행복했던 식품들을 다시 쇼핑백에 나눠 올케에게 보냈다. 아무것도 모르는 아이들은 의아한 표정이었고, 올케는 날아가는 목소리로 고맙다는 전화를 했다. 수화기를 내려놓으며 나는 거울에 비친 자신과 약속을 한다. 불어난 내 허욕의 덩어리를 조금씩 떼어내어 표면적을 줄여야겠다는. 자신의 식욕마저 조절하지 못하는 인간이 어떻게 다른 것들을 조절할 수 있겠는가. 그렇게 해서라도 체감 욕망도를 낮추게 된다면 회오리바람 부는 세상에 서 있어도 최소한 현기증은 면할 수 있지 않겠는가.

파리 쫓기

초여름, 베란다 쪽 문을 잠깐 열어 두었더니 파리 몇 마리가 무리 지어 마실 나왔다. 쇠파리도 아닌, 자그마한 것들이기에 들어왔으면 나가기도 하려니 싶어 놔두기로 했다. 설령 지들이 나가지 않고 내 집에 빌붙어 산다고 해도 크게 해 될 것은 없으니 그 미물들에게 억매일 필요는 없다고 생각했다. 베란다에 화분이 많다보니 그 분에 기생하는 개미의 가계가 날로 번창하여 그것들이 자꾸 영역을 넓혀 거실을 기웃거리는 경우가 있다. 아이들이나 남편은 여자의 역할이 부실하여 개미까지 내 가정을 넘본다고 내게 푸념하곤 하지만 나는 생명 있는 것들이니 같이 어우러져 살자고 가볍게 응수하곤 했었다. 게으른 탓이기도 하지만 내 기본 생각이 그랬으니 파린들 뭐 그리 다르게 대할 것인가.

거실에 앉아 노트북을 열었다. 시간이 지나자 꽃가루가 노오랗게 내려앉는 것이 눈에 띄었다. 한낮이 가까워지자 도심지에 있는 내 집 주변은 태양열과 매연에 시달려 헉헉거리기 시작했다. 하는 수 없이 베란다 쪽 유리문을 닫아야 했다. 문을 닫고 얼마쯤 시간이 지났을까. 뭔가 풀릴

듯하면서도 작품에 진전이 없었다. 날개를 펴고 비상하는 새가 되길 바라던 나는 두드리던 자판에서 손을 떼고 고개를 들었다. 공교롭게도 바로 눈앞에서 다섯 마리의 파리들이 비행연습을 하고 있었다. 미처 못 느끼고 있을 때는 모르겠더니 한 번 보고나니 신경이 여간 쓰이는 게 아니었다. 그때부터 나는 그 작고 하잘 것 없는 파리들에게 매이기 시작했다. 손으로 휘휘 쫓으면 잠깐 흩어졌다 다시 모여 내 눈앞에서 어른거렸다. 차라리 덩치라도 큰 것이라면, 시야에서 확실하게 드러나는 것이라면, 손으로 만지거나 두드려줄 수 있는 것이라면 이렇게 은근히 부아가 치밀게 하지 않을 것이다. 감정 표현을 한다는 것은 스스로 정화 작용을 시키는 것이니 한 대 때려 주기라도 하면 얄미움이 덜해질 것 아닌가.

지깟 것들이 남의 집을 넘봤으면 예의라도 좀 지킬 일이지, 한쪽에 다소곳이 있을 일이지 가뜩이나 신경이 예민해져 있는 주인의 눈앞에서 어른거리는 심보는 또 무엇인가. 처음의 마음과는 달리 자꾸 변심하는 나 자신이 좀 우스웠다. 되지 않는 작품 때문에 생긴 화를 파리에 전가하고 있는 자신을 보았다. 그렇다 해도 나는 좀전의 아량을 이미 잃어가고 있었다. 책을 들고 쫓아봤다. 물론 어림없다는 듯이 요리저리 잘도 피해 다녔다. 신문지를 들고 쫓아냈다. 이제는 안심이다 싶어 문을 닫고 앉았더니 비웃기라도 하듯 또다시 다섯 마리가 코앞에 날아와 곡예를 하고 있다. 이번에는 방석을 들어 쫓아봤다. 거실을 샅샅이 훑어보아도 보이지 않아 내가 이겼다는 생각으로 문을 닫았다. 웬 걸? 윙윙거리며 또 다시 내 주변으로 모여든 파리를 보니 세 마리였다. 겨우 두 마리를 쫓아내고 회심의 미소를 지었던 것이다. 그런 내 모습을 비웃기라도 하듯 파리들은 더욱 가까이서 비행하고 있었다. 마침내 화가 나기 시작했다. 다시 방석을 들고 이리저리 휘두르며 온 거실을 헤집고 다녔다. 그 파리들을 쫓아내지 않으면 당장 아무것도 할 수 없을 것 같이 비장한 각오로 그것들을 쫓아 다녔다.

커튼 뒤에 숨어있는 파리를 찾느라 커튼을 이리 들추고 저리 들추고 하다가 나는 회심의 미소를 지으며 수퍼로 달려갔다. 인간을 능멸한 파리에게 보복을 해야겠다고 작심한 것이다. 에프킬러를 사들고 씩씩거리면서 돌아왔다. 그리고 잠깐의 망설임도 없이 커튼을 흔들면서 고약한 액체를 칙칙 뿌려댔다. 파리들은 한 가족이었는지 같은 곳에 숨어 있다가 몰살되었다. 그때서야 나는 후련한 숨을 내쉬며 그 주검들을 처치하려 화장지를 찾았다.

화장지를 들고 커튼 밑에 떨어져 있는 파리를 보니 미미한 전율이 일었다. 이 작은 파리들을 무시할 수도 있었는데 왜 나는 그렇게 미워했던 것일까. 어렴풋이 느낌이 왔다. 내가 진짜 미워한 것은 파리가 아니었다. 나는 내 마음 속에 미움이라는 것이 또아리를 틀고 앉아 있음을 느꼈다. 그것은 사랑보다는 훨씬 더 튼튼한 성곽을 쌓아 무너뜨리기 어려울 지경에 있다는 것도 감지되었다. 사랑이야 누구에게든 내주면 되는 것이니 아주 부드럽고 얇은 막을 치고 숨어 있어도 상처를 받지 않지만, 미움이라는 것은 자신의 존재를 누구에게든 숨겨야 하니까 그렇게 굳건한 성채를 쌓아 숨어 있지 않으면 안 될 터였다.

나는 힘없이 주저앉았다. 나는 무엇을 미워하고 있는가. 파리를? 누군가를? 아마 나는 파리를 쫓으며 가슴 속에 숨어있는 미움의 대상을 쫓아내려 몸부림 쳤을 것이다. 그러지 않고서야 저 힘없는 파리 몇 마리를 쫓으며 기진맥진할 정도로 사력을 다 하고 그것도 모자라 그것들을 죽이기까지 했겠는가. 나는 주저앉아 난장판이 되어있는 거실을 둘러본다. 처음 파리를 보았을 때 보였던 내 너그러움은 숫제 위선이었다는 말인가. 저 작은 생명에게도 너그럽지 못하는 내가 어떻게 인간에게 관대해질 수 있겠는가. 나는 용기를 내어 다시 유리문을 열어제쳤다. 부끄러움으로 열뜬 나를 비웃기라도 하듯 후덥지근한 바람이 전신을 휩쓸고 지나갔다.

소 유

"아야, 이것 요금이 그렇게 많이 나오냐?"

"왜요, 진동이 불편하세요?"

"전화기가 부르르 떠는 것이 더 무섭다. 차라리 소리를 듣는 것이 났다야."

휴대폰이 울릴 때마다 움칫움칫 놀라시길래 진동으로 맞춰놨더니 어머니가 하시는 말씀이었다. 밖에 돌아다닐 일도 없고, 집안에서 생활하는데 무슨 휴대폰이냐고 자꾸 손사래를 치셨지만 며칠 전에 손안에 꼭 들어오는 전화기를 쥐어 드렸다. 외출을 자주 하시는 건 아니지만 가끔은 친구도 만나러 가고 멀리 버스를 타고 가기도 하는데 연로하시니 불안할 때가 있다. 내 마음 편하려고 해드린 일이지만 어머니는 사양할 때와는 달리 기쁨을 감추지 못하셨다. 전화기를 들고 이리저리 살피다가 내가 방안에 들어가면 계면쩍게 웃으시는 어머니의 모습 속에는 아이같은 천진함이 담겨 있었다.

'그렇게 좋으세요?'라고 묻는 내게 어머니는 핸드폰을 꼭 쥐고 당신의 가슴에 대며 고개를 끄덕이셨다. 왜 아니 좋으실까. 폴더를 열면 당신의 이름이 들어있고, 이름 위에는 당신이 가장 사랑하는 손자와 찍은 사진이 들어있으니 얼마나 행복하실까. 평생 당신 이름으로 가진 물건이 몇이나 되겠는가. 좋은 건 모두 남편에게 자식에게 미뤄주고 낡은 것, 그들이 가지지 않는 것이나 소유하며 살아오셨으니. 나도 네들이 가진 물건처럼 편안하고 좋으며, 자신을 돋보이게 하는 빛나는 그것을 갖고 싶다고 표현 한 번 하지 않으셨을 텐데. 여지껏 어머니는 갈치구이를 좋아하는 아들을 위해 당신은 젓가락을 얹어본 적이 없으시니까. 자식이, 손주가 좋아하는 것이면 언제든 다 내줄 마음인 어머니에게 자신의 이름을 달고 소유할 수 있는 물건이 얼마나 되었겠는가.

휴대폰을 만지작거리며 아이처럼 좋아하는 어머니를 보며 소유에 대해 다시 생각하게 된다. 어머니가 평생 많은 것들을 소유하며 사셨다면 핸드폰 하나로 저렇게 행복해 하실까. 아니 그토록 기뻐하실 마음이 남아있을까. 오히려 더 큰 무엇 더 많은 것들을 요구하면서도 기쁨을 얻지 못 하였을 것이다. 소유와 행복은 별개이지도 비례하지도 않는다. 내 것이라고 말 할 수 있는 그 무엇을 갖는다는 건 순간의 충족은 될지언정 그 충족감이 영원하지 않다. 충족감은 순간이고 인간은 그 충족감을 누리기 위해 끊임없이 또 다른 무언가를 가지려 물질에 집착하게 된다. 어머니보다는 좀더 많은 것을 가진 내게 핸드폰이 주어졌을 때, 과연 나는 어머니처럼 그렇게 온몸으로 기뻐했던가. 또 하나의 내 물건이 생긴 것 정도로 만족하고 금세 그 행복감에서 벗어났을지도 모를 일이다.

때때로 나는 너무 많은 것을 지니고 살지 않나 하는 생각을 하기도 한다. 그것은 물론 나 스스로 판단한 절대적 소유감이지 다른 사람들이 지닌 것과 비교하는 상대적 소유감은 아니다. 가진 것을 더 줄여서 조금은 결핍감을 느낄 수 있어야 작은 것을 얻었을 때에도 감사하고 만족한다는 것을 알고 있기 때문이다. 그럼에도 내 가진 것을 줄여나가는 일은 정말이지 너무 어렵다. 내가 지금보다 더 가난하고 적게 가졌다면 혹여 나는 좀 더 겸손해질 수 있고, 좀 더 삶에 대해 진중하게 돌아보게 되는 기회를 더 많이 갖게 되지 않을까.

세월의 두께를 더해가면 갈수록 내가 지닌 것은 더 늘어날 테고 나는 그 소유한 것들에 묻혀 자신을 망각하게 될까 조바심이 인다. 예쁜 머그잔 하나를 사들고 기뻐하며, 작은 봄꽃 화분 하나를 사들고 행복한 마음으로 귀가할 수 있었던 시절이 언제였는지 아득하게 느껴진다. 이제는 똑같은 행동을 하면서도 그 기쁨이 너무 미약하고 반복된 습관처럼 감흥이 일지 않는다. 나이가 더해가면서 마음을 더 많이 비우고 주변 사물들의 숫자를 최소화 시켜야 함에도 젊었을 땐 신경 쓰지 않던 상대적 소유감에까지 눈을 돌리는 자신을 느낄 때면 가슴이 철렁 내려앉을 때가 있다.

바깥세상으로 눈 돌리면 갖고 싶은 물건, 내 곁에 두고 그 진가를 음미해보고 싶은 것 천지다. 그것들에 홀려 내 영혼을 도둑맞을 여지가 아주 없는 것도 아닐 만큼. 물질이, 소유가 주는 행복감에 자신을 맡길 지경이 아니라면 그것들의 유혹을 물리치고 햇살 밝은 봄날의 나들이도 좋겠다. 공원의 돌 틈새에 고개 내민 새싹들이 주는 시선한 감동이 내 안의 잡념, 욕심 따위를 바꾸게 할 수도 있을 테니까.

봄 햇살 때문이야

춘삼월春三月이라 했던가. 도도한 봄기운에 놀라 대지가 꿈틀거린다. 동면에서 깨어난 개구리가 기지개를 켜고, 겨우내 혹한 속에서 꽃망울을 준비한 매화가 방긋 웃고 있다. 세상에 존재하는 모든 살아있는 것들이 저마다 봄소식을 가지고 와서 겨울이 떠난 빈자리를 메워주고 있다.

사람들 또한 그 봄기운을 감당하지 못해 일상을 훌훌 벗어던지고 싶어한다. 아지랑이를 보면 현기증이 일고 봄 햇살 아래 서면 가슴이 두근거리는 사람들. 그 해 봄, 내 어머니도 그러셨을까. 허기진 긴 겨울을 건디고 나서 얻은 아릿한 포만감을 저 햇덩이로부터 전이 받으셨을까. 가슴 밑바닥에서 올라오는 해의 기운을 감당해내기 힘드셨을까.

그 해 봄에 나는 첫아이를 출산하였다. 짓푸르게 자라기 시작하는 보리밭을 매다 소식을 듣고 한달음에 달려오신 어머니는 첫 손녀를 얻은 기쁨과, 아직은 어리둥절함으로 가슴이 떨린다고 하셨다. 그도 그럴 것이 스무 살에 낳은 딸로부터 얻은 손녀였으니 아직 할머니가 되기는 이른 나이였던 것이다. 그래도 어머니는 외할머니의 위엄을 잃지 않고 아기의 머리에서 발끝까지 일일이 어루만져주며 봄 햇살처럼 밝고 건강하게 자라라고 기원해 주셨다.

그 날부터 어머니는 갓난아기와 산모 수발로 한가로울 틈이 없었다. 아기가 내놓는 푸르죽죽한 배내똥이 묻은 기저귀를 들고 수돗가로 달려가곤 하셨다. 잠시도 쉬지 않고 움직이면서도 어머니는 힘들어하지 않으셨다. 나는 그런 어머니를 보면서 첫 손녀 얻은 기쁨이 저리 크실까 하는 생각으로 새삼 감사한 마음이 일렁이곤 하였다. 어머니의 그런 마음처럼 봄 햇살은 하루에도 몇 번씩 널어대는 기저귀를 산뜻하게 말려주었다. 그렇게 며칠이 지나자 나는 차츰 미안한 마음이 생기기 시작하였다. 기저귀 하나만 나와도 들고 일어서는 어머니를 가만히 누워서 바라보기가 민망하였다. 그러나 어머니는 내 마음을 모른 척, 급할 거 없으니 모았다가 한꺼번에 하시라는 내 말을 들어주지 않았다. 다만 계면쩍은 웃음으로 손을 휘휘 저으며 문지방을 넘으시는 것이었다.

어느 날은 어머니의 기척이 없어 마당으로 나가보았더니 그녀는 화단가에 질펀하게 앉아 햇빛을 받으며 졸고 계셨다. 깜짝 놀란 나는 어머니를 부축해서 일으켜 세웠으나 딸에게 무안해진 그녀는 언제 그랬냐는 듯 시침을 떼고 기저귀를 걷기 시작하였다. 그런 어머니를 바라보는 나는 심각해질 수밖에 없었다. 이유가 뭘까 아무리 궁리해 봐도 어머니의 심리를 유추해 낼 수가 없었다.

이상한 일은, 날이 밝으면 잠시도 쉬지 않고 방으로 수돗가로 빨랫줄이 있는 마당으로 옮겨다니는 어머니의 몸동작이 나비처럼 사뿐거린다는 사실이었다. 어떤 때에 보면 어머니는 뭔가에 끌려 들떠 있는 것처럼 보이기도 하였다. 그렇게 몸을 많이 움직인 어머니는 저녁이면 옅은 코까지 골며 만난 잠을 주무셨다. 사위는 그런 장모가 안쓰러웠던지 무슨 일을 그리 많이 하시게 했느냐고 내게 핀잔을 주기도 하였다.

햇살의 부드러움이 최고조에 달하는 4월의 어느 날. 무심히 밖으로 나오던 나는 화단 가에 놓아둔 의자에 앉아 잠이 든 어머니를 또 보았다.

"어머니, 피곤하시면 방에 가서 쉬시지 않구요."

"피곤하긴 ……. 하루 종일 들에서 일하며 살던 사람인데. 그래서가 아니라 방안에 들어가면 가슴이 답답해져서 앉아 있을 수가 없더구나."

"어머니, 혹시 무슨 가슴앓이라도 ……"

"병은 무슨 병이 있겠냐. 그놈의 봄 햇살 때문이지."

내 어머니를 여자로 생각해 본 적이 없던 나는 그때의 어머니 나이가 되어서야 그 봄 햇살을 이해하게 되었다.

살아있는 날들의 행복 2

— 어느 봄날의 고백 —

애야!

경칩 날 이 무슨 조홧속이라니. 사십 몇 센티의 눈이 내렸다니 봄을 시샘하는 겨울의 훼방치고는 너무 지나치구나. 동면에서 깨어나 세상 밖으로 얼굴을 내민 개구리들은 얼마나 당혹스러웠을까. 자연의 순리도 믿을 수 없다며 서둘러 땅 속으로 숨어들었겠지. 그래. 삼월에 내린 눈으로는 한 세기 동안 최고였다니 세상이 어떻게 변해가는지 조바심치지 않을 수가 없구나. 흘러가는 모든 것들은 변화하고, 그 변화로 인하여 우리가 오늘의 문명을 누리며 살 수 있는 것이지만 설령 그렇다 해도 변화한다는 것에 대한 두려움이 생기는구나. 이제는 변화가 새로운 세계에의 흥미나 호기심을 갖게 하는 게 아니라 행여 삶을 흔들며 지나가는 폭풍이 되지 않을까 몸을 낮추게 된다. 작게는 사사로운 일에서부터 크게는 자연과 인간의 모든 일에 그 이치가 적용되는구나. 겨우내 자신의 생을 준비해서 고개를 내민 저 개구리의 낭패감처럼, 나는 그러고 싶지 않아 자꾸 망설이고 쭈뼛거리는 자신을 느낀다. 그래서 이 순간에는 유연하게 흐르지 못하는 머무름에 대해 비판을 일삼던 예전의 패기가 내 것이 아니었던 것 마냥 까마득한 과거처럼 느껴진다.

애야!

봄날은 그렇게 무심히 가고 또 가서 나의 많은 것들을 변화시켰더라. 누가 무슨 말을 해도 흥분하지 않던 이성은 감정으로 자리바꿈을 하고, 묵덕보살이라는 별명을 지녔던 신중함이나 과묵함 대신 소소한 일에도 잘 흔들리고 말을 쏟아내는 수다쟁이가 되어버렸다. 어쩌면 생애 가장 고독했을지 모를 시절을 보내면서도 세상에 대한 두려움 없이 용기백배해서 살았는데 이제는 그렇지를 못하는구나. 너, 생각나니? 엄마가 요란한 소리를 내지 않고 얼마나 조용하게 살아왔는지. 네들에게 잔소리하지 않으면서도 할 이야기 다 전하고 상대를 움직이는 설득력을 가지고 있었잖니? 그런데 이제는 큰소리도 잘 치고 화도 내고 참을성도 없어졌잖아. 엄마 스스로 그런 자신에게 부끄러움을 느끼면서도 이제는 나이 먹었음을 빙자하여 자신을 합리화시키고 있구나.

뿐만 아니라 어떤 일을 결정하는 데에도 망설임이 많아졌어. 신중을 기하려는 거라 변명하지만 성공과 실패의 양면을 가정해보면 이제 과감히 선택하기 어렵더라. 세월을 좀 더 경험한 사람의 지혜일까, 소심함일까. 예전엔 무엇이든 신중하게 결정하고 난 뒤엔 미련없이 놓거나 이뤄냈었지. 그래서 마음먹으면 모든 걸 다 할 수 있을 것 같았단다. 그런데 지금은 아니야. 새로운 일을 시작하려면 몇 번은 더 생각하고 결정해야 해. 능력이 없어서라기보다 패기가 사라져 버린 것 같다. 그리고 자신을 너무 다그치며 살았다는 회한이 이제는 쉬고 싶다는 자책으로 변하면서 자꾸 의욕을 저하시키고 있나보다.

이젠 엄마도 삶이 버겁다는 생각을 가끔씩 한단다. 예림이와 친구의 논술 문제를 결정하면서 많은 갈등을 했다. 엄마가 슈퍼우먼처럼 다 잘하려는 욕심 때문이 아니라 이것저것 해야 할 일들이 많아 자신을 감당할 수 없을 것 같아서였다. 젊었을 때의 욕심은 자신을 발전시키지만 이 나이의 일 욕심은 자신을 망가뜨릴 수 있다는 것을 상기했단다. 이젠 뒷바라지해야 할 네들 말고도 연로하신 할머니며 주변 사람들을 살피며 살아야할 입장이 되어버렸다 엄마가. 사실 엄마 스스로의 일로도 벅찬데 그러다보니 생이 너무 무겁다는 생각이 든다. 젊은 시절의 엄마가 그렇게 용감할 수 있었던 것은 누군가에게 빚이 없어서였다. 아무도 돌봐주지 않았음에도 오뚝이처럼 일어나 스스로 삶을 헤쳐나갔지.

　자신만 잘 지켜 가면 되는데 세상에 두려울 게 뭐 있었겠니. 열심히 그리고 성실하게 살면 꿈꾸는 일이 이루어진다는 확신을 가지고 있으니 두려울 것도 없었을 테고. 그런데 지금은 의지하고 기댈 가족도 있고 예전에 비해 부족함이 없는데도 생에 대한 불안감이 더 많아졌어. 인생은 살면 살수록 용감해지고 자신만만해지는 게 아니더라. 더 조심스러워지고 신중하거나 소심해지기도 하더라. 그렇게 강하게 자신을 다그치며 살았는데도 이제는 드라마를 보면서 눈물짓는 것은 다반사가 되어 버렸어. 강함 속에 숨겨진 이 나약함을 네들에게 보이지 않으려 하지만 웬걸 금세 들통이 나곤 하더구나. 최소한 자식보다 약한 부모는 되지 않아야 한다는 생각에 이젠 수정을 가해야할 것 같다.

　세상의 이치는 늘 공평하단다. 얻는 게 있으면 잃는 게 생기는 것 아니겠니. 나약해짐의 이면에는 신중한 삶의 지혜가 자리하고 있겠구나. 아무리 많은 세월을 살아내도 다 깨달을 수 없는 것이 삶의 이치지만 나를 관통해간 시간의 흐름만큼 성숙된 삶을 살 수 있겠지. 그리고 엄마에겐 너희들, 세월의 족적처럼 생생하게 존재하는 너희들이 있구나. 베란다의 연홍빛 모과꽃이 가슴을 설레게 하고, 아지랑이 피어오르는 희망찬 봄날에 자신의 내면을 정리하며 딸에게 이런 고백을 할 수 있는 것도 행복한 일 아니겠니, 얘야.

가혹한 본능, 숭고한 사랑

　몇 해 전부터 새를 기르기 시작했다. 등산을 다니면서 자연에 관심을 갖게 될 무렵이었다. 산에 오르며 듣는 새들의 청명한 노랫소리는 생명력을 일깨워줘서 발걸음이 저절로 가벼워지곤 했다. 이런 느낌을 반복해서 받다보니 살아 움직이는 자연과 함께 지내고 싶은 욕심이 생겼을 것이다. 어쩌면 어린 시절 김 내과 안집에서 보았던 새장에 대한 부러움과 그 추억이 무의식적으로 작용했는지도 모른다. 그 날도 등산을 다녀오는 길에 우연히 맞닥뜨린 조류원의 문을 망설임 없이 열고 들어갔다. 그렇게 해서 내 집에 들어와 산 새가 금정조였다.

　영국 신사라고 불리는 이 새가 집안으로 들어오자 다음날 아침부터 집안 분위기가 달라졌다. 새들의 노랫소리로 온 집안이 생기가 더해졌다. 새 식구가 들어오자 모두들 호기심을 가지고 관심을 보였다. 이 녀석들에게 쏟는 내 정성도 점점 지극해졌다. 출근 시간 맞추려 동동거리며 온 집안을 헤집고 다녀도 현관문을 잠글 때면 다시 한 번 새집을 들여다보고 모이와 물이 충분한지 살피곤 했다. 아이들의 등교 준비는 체크하지 못할 때가 있어도 새들의 안전은 확인해야만 안심이 되었다.

　서서히 가을이 지나갔다. 찬서리 내리는 늦가을을 맞으면서 남편과 나는 신경전을 벌이기 시작했다. 나는 추위가 심해지면 새들을 집안으로 들여와야 한다고 주장했고, 남편은 둥지가 있으니 밖에 두어도 괜찮다고 우겼다. 워낙 깔끔한 성격인 그는 집안에서 냄새가 날 것을 우려한 것이다. 새장을 들여놓으면 새를 날려 보내겠다고 으름장까지 놓았다. 그를 설득하지 못한 채 시간이 흘러 초겨울이 들이닥쳤다.

　밤새 온도가 급하강 했던 날 아침, 까닭모를 여윈잠으로 무거워진 머리를 누르며 베란다 문을 열었다. 둥지 안에 금정조 두 마리가 나란히 앉아 있었다. 안심하고 문을 닫으려다 뭔가 꺼림칙한 느낌이 들어 가까이 가보았더니 수컷은 이미 죽어 있었다. 그 순간 철렁 무너져내리는 가슴이라니. 나는 남편의 불호령 같은 것은 염두에 두지 않고 새장을 거실로 들여왔다. 죽은 수컷을 둥지에서 빼내가자 암컷은 서럽게 울기 시작했다. 그 울음소리가 어찌나 애절하게 들리던지 처음에는 시끄럽다고 싫어하던 남편도 차츰 자신의 생각을 바꾸는 것 같았다.

　봄이 되자 금정조의 짝을 찾아주려 조류원을 몇 군데 가보았지만 어디에도 그 녀석의 짝은 없었다. 하는 수 없이 십자매와 금정조는 같이 살 수 있다고 하여 십자매 한 쌍과 금정조 암컷을 같이 살게 해주었다. 금정조 한 마리를 놔두는 것보다는 나을 성싶었기 때문이다.

　십자매는 우리 집에 들어 온지 얼마 지나지 않아 알을 낳았다. 얼마나 대견하고 기특하던지. 생명 있는 것들의 순환은 인간에게 이렇듯 큰 기쁨을 안겨주는구나 싶었다. 흙에 씨를 뿌리고 날마다 두근거리는 가슴으로 기다리다가 연둣빛 싹들이 올라오자 그 위에 뒹굴고 싶었다던 친구를 이해할 것 같았다. 이 녀석들을 위해 베란다에 있던 분재들의 위치를 바꾸었다. 잎이 우거져 그늘이 큰 나무 아래에 새 둥지를 놓아주었다. 여름이 되자 나무들에게 물을 자주 주어야 했고 그만큼 새들과 접하는 시간도 많아졌다. 그런데 이상하게도 십자매는 알을 낳아 품다가 부화시키지 못하고 둥지 밑으로 떨어뜨리곤 했다. 처음엔 안타까워하다가 나중에는 부화도 시키지 못하는 못난 새라고 어미새를 탓하는 마음이 생겼다.

십자매는 몇 개월 동안 부화시키지 못하는 알을 낳아대더니 가을이 되자 마침내 다시 알을 품기 시작했다. 새장 안을 깨끗하게 청소하고 모이와 물을 관리해 주었다. 그 때까지만 해도 세 녀석들은 아무런 문제없이 잘 지내왔다. 그들이 싸우는 것을 내가 보지 못했으니 나는 그렇게 믿을 수밖에 없었다. 그런데 문제는 그 다음부터였다. 십자매는 먹이도 잘 먹지 않고 오로지 알을 품는 일에만 전념했다.

암컷은 차츰 수척해져갔다. 그러나 나는 어미에 대한 연민보다는 새 생명이 태어날 기대에 부풀어 마음이 둥둥 떠있었다. 둥지 안에 새하얀 알들이 오롯이 있는 것을 보면 마음이 풍요로워졌다. 옳지, 이번에는 제대로 부화를 시키려나 보다 싶어, 나는 새들의 식구가 늘면 분양을 해야 하나 아니면 집을 늘려줘야 하나 하고 여러 가지 성급한 상념에 빠지기도 했다. 드디어 세 개의 알 중에 한 개가 깨뜨려지고 정말 작은 아기새가 탄생했다. 가슴이 두근거렸다. 그러나 나는 어렸을 적 동생들이 태어날 때마다 새 생명을 위해 금기시한 어른들의 행위들을 떠올리고 아이들에게 둥지 근처에 가는 것을 금했다. 나 역시 그 녀석들을 자주 들여다보지 않으려고 마음을 다잡기까지 했으니까.

다음날이었다. 물을 바꿔주려고 가보았더니 알을 품고 있는 암컷의 머리가 피투성이가 되어 있었다. 가슴이 철렁했다. 금정조의 부리 주위는 온통 피가 묻어 있었다. 상황을 짐작한 나는 금정조가 좀 더 큰 짐승이라면 두들겨 패주고 싶은 심정이었다. 하지만 그럴 수도 없어 미움의 눈초리만 보내고 말았다. 금정조가 미운 만큼 십자매가 불쌍해서 견딜 수가 없었다.

사실 더 불쌍한 것은 금정조라는 것을 모르는 바 아니지만 내 감정은 절대적으로 십자매 쪽으로 기울었다. 그때 나는 후회했다. 어미의 본능을 충족시키지 못하는 금정조의 불행의 원인은 내게 있었기 때문이었다. 나는 약국으로 갔다. 약사가 권하는대로 항생제를 사다가 십자매의 상처 난 머리에 뿌려 주었다. 이틀 후에 십자매는 죽었다. 예민한 새는 항생제의 독성을 이겨내지 못하고 죽고 만 것이다. 그렇잖아도 그 십자매는 며칠을 버티기 어려웠을 것이다.

그 후 나는 금정조를 조류원에 보냈다. 제 짝을 만나 어미가 되는 암컷의 본능을 누리며 살길 바랐다. 알을 품었던 십자매는 죽었지만 새끼는 잘 자랐다. 두어 달이 지난 후 수컷으로 알았던 십자매가 다시 알을 낳았다. 살아있는 십자매는 암컷이었던 것이다. 알을 품어 부화시키고 그것에 질투 난 금정조로부터 새끼를 지키다 죽은 것은 수컷이었던 것이다. 누가 아버지 사랑이 어머니 사랑만 못하다 할 것인가. 그 이후 나는 조류를 포함한 동물은 집안에 들이지 않게 되었다.

9월의 소리

나는 이즈음의 주말에는 산중의 절로 가서 하루를 보내고 집으로 돌아온다. 스님의 설법을 듣고, 혹은 마음공부를 하고, 기도를 하거나 차담을 나누기도 한다. 해질녘이면 절 도량을 산책하며 자신을 생각한다. 그 길에 다람쥐가 끼어들면 말을 걸고, 눈맞춤에 익숙해진 꽃과 나무들에게 다가가 인사를 하기도 한다. 그 시간동안 세상 물살에 맞춰 흔들리다 지친 마음을 쉬고 흐트러진 것들을 정갈하게 가다듬으며 자연 안으로 자신을 방기해 보기도 한다. 그렇게 가라앉힌 마음은 1주일 동안의 내 에너지의 원천이 된다. 산문 밖으로 돌아오면 곳곳이 마음 부딪치는 장소이니 왜 아니 그럴까. 사회 속에서 사람들은 누구나 자신을 위한 삶을 살 듯, 누구도 타인을 배려하지 않는다. 신사도를 실천하고, 능란하게 자신을 드러내보이지만 조금만 이해관계가 얽히면 그 속을 알지 못하게 둔갑한다.

나 역시 나를 위해 주장하고 내 가진 것을 늘리려 타인에게 손해를 끼치기도 할 것이다. 그래서 가끔은 마음 약해 내 것을 주장하지 못하거나 타인에게 내 것을 양보하면서 어줍잖은 동정이나 흉내 내기의 연장일지도 모른다는 생각을 한다. 철저한 자기 응시의 시간이다. 가능한 한 냉정하고 솔직하게 자신을 보려 한다. 나를 제대로 아는 일이 가장 먼저 선행先行되어야 타인을 이해하고 선행善行도 가능할 것이다. 그러한 내 마음 수양이 더디 이루어진다 해도 그것이 세월 따라 쌓이면 나는 내 자신은 물론 타인을 향한 여유도 나눌 수 있게 될 것이다. 내가 나를 진솔하게 바라볼 수 있을 때 우리는 서로서로에게 어떤 메타포를 형성해 줄 수 있지 않을까.

저녁을 먹고 우리는 의기투합해 어두워진 산으로 발길을 내딛는다. 누군가 늘 하던 행동은 익숙해져 재미없으니 다른 것을 찾아보자는 제의를 받아들여 결정된 행선行禪이다. 전깃불에 익숙해진 우리는 밤에도 어둠을 보지 못한다는 것에 생각이 미친 것이다. 밤길 걷기, 아무생각 없이 발에 몸을 맡기고 터덜터덜 걸어보기로 하였다. 빛과 어둠은 우리에게 상반된 조건과 형질로 존재하지만 그것은 한 뿌리에서 나온 한 몸이라는 것을 우리는 안다. 마치 생사 일여처럼.

불빛이 보이는 몇 채의 집이 모여 있는 마을을 지나 산모롱이에 다다르자 어둠이 드러나기 시작한다. 점점 변해가는 잿빛 어둠 속에서 마음 또한 고요하게 무엇엔가 스며드는 느낌이다. 발걸음을 떼다 스친 작은 돌멩이들이 이리저리 튀는 소리가 유난히 크게 들린다. 간간이 들리던 개 짖는 소리도 점점 아스라해지고 풀벌레 우는 소리가 그 자리를 대신한다. 가을이 오는 소리, 9월의 소리였다. 그 소리를 듣는 귀가, 마음이 청량해지는 시간이었다. 발걸음 따라 계곡물 소리가 가까워졌다 멀어졌다를 반복하는 사이 우리는 산 속으로 꽤 깊이 들어갔다. 멧돼지가 사는

산이니 조심하라는 스님의 주의를 듣고 후레쉬를 준비했지만 우리는 그
것을 사용하지 않았다. 걷는데 조금 불편해도 완벽한 어둠을 택하기로
했기 때문이다. 묵묵히 자신의 생각에 빠지거나 들려오는 자연의 소리
에 귀 기울이거나 어둠을 응시하며 조용히 걸었다.

　얼마나 걸었을까. 사위가 온통 어둠으로 물들었을 때 남편의 뒤를 따
라 걷던 내 눈에 작은 불씨 한 개가 그의 종아리에 붙어있는 것이 보였
다. 그리고 잇따라 나타난 몇 개의 불씨들 ……. 그것은 어두운 밤의 정
령처럼 반짝이며 날아다녔다. 반딧불이었다. 얼마 만에 보는 반딧불인
가. 반가웠다. 아직 그것들이 우리들 곁에 존재해 있다는 것이 반가웠고,
마치 우리가 예전의 어린 시절, 호롱불빛의 기억속으로 들어온 것 같은
착각을 하게 해서였다.

　어둠이 칠흑의 모습으로 우리 눈앞에 다가왔을 때 차츰 우리들의 발
자국 소리도 크게 들려왔다. 산으로 들어갈수록, 마을의 빛과 멀어지고
소리와 멀어져 어둠 속에서 우리들이 움직이는 소리만이 오롯하게 들
려왔다. 한걸음 뗄 때마다 내 몸의 감각들이 또렷이 자각되었다. 팔의
흔들림, 다리의 감각, 발바닥에 닿는 자갈의 부딪침. 보이지 않지만 앞
을 주시하고 있는 눈의 작용. 그런데 나는 자칫 방심하면 돌부리에 채
여 넘어질지도 모르는 그 와중에도 간간이 무엇인가를 생각하고 있었
다. 그 어둠 속에서조차 내가 생각하고 있는 것은 무엇인가. 오늘, 혹은
며칠 사이에 일어난 일상의 사건들을 반추하며 되새기고 있었다. 어둠
속에서 그 어둠에 집중해서 생각을 끊어 오롯하게 내 몸을 자각하고자
나선 밤길인데도, 어둠에 묻혀 아무것도 보이지 않는 찰나 간에도 나는
여전히 무엇인가를 그렇게 기억하고 떠올리고 있었다. 끊임없이 일어나

는 생각, 기억들. 그 생멸의 순간에서 벗어나 내 마음을 쉬게 할 방법은 없는 것일까.

나는 다시 내 발걸음에, 발가락에 닿는 길의 감촉에 집중한다. 생각들을 비우고 몸에 신경을 모아본다. 갑자기 볼을 스쳐가는 밤공기가 차갑게 느껴진다. 생각으로 꽉 차 있을 땐 느끼지 못했던 밤기운의 차이, 어둠이 내 몸에 부딪쳤다 물러가는 느낌이 감지된다. 머리에서 발끝까지 온 몸의 감각이 활발하게 작용한다. 몸은 애초부터 그렇게 열어두고 있었는데 둔한 내가, 무엇인가에 나를 잃은 내가 느끼지 못했을 뿐이다.

우리는 잠시 멈춰 서서 심호흡을 하고 정적 속에 자신을 내버려둔다. 어둠과 고요가 우리를 덮치도록 방관해 본다. 밝은 태양 아래서 끊임없이 움직이고 사용하던 몸과 마음을 잠시 던져둔다. 아, 어둠 속에서 나는 비로소 내 몸의 소리들을 듣는다. 생각이 쉬는 틈새에 감각들이 일어서고 그에 힘입은 몸이 화답해 문을 연다. 지금까지 혹사시켜 둔감해진 몸의 촉수들이 스르르 마법에서 풀려나 살갗에 와 닿는 어둠의 감촉들이 복원된다. 생각을 쉬게 하자 몸의 감각들이 제 자리로 서서히 돌아온 것이다. 밝은 불빛 아래서는, 소음 많은 도시에선 엄두도 낼 수 없었던 자신의 일부들이다. 내게 이런 몸이 있었다. 몸들은 깨어나면서 자신의 소리를 하고 말을 건다. 밝은 세상에서는 미처 찾을 수 없었던 것들이다.

어둠 속에서 나는 잠시나마 나를 되찾는다. 그 순간이 찰나여서 소란하고 불빛 밝은 세상으로 돌아오면 남김없이 스러질지라도 나는 그런 나를 기억할 것이다. 나를 보는 일, 나를 느끼는 일, 내가 어떤 존재인지의 물음을 생각할 수 있는 것은 우리는, 타인은 어떤 존재인지를 묻게 하는 길이기도 하다. 그래서 나의 존재를 알게 되면 오히려 내 존재성의 고

집을 반성하고 타자의 존재를 비춰볼 수 있는 메타포의 탄생이 가능해질 것이다. 그래서 내 최상의 꿈은 목적성을 줄여가는 삶이며, 그때에야 비로소 나를 조금이라도 버릴 수 있고, 타자를 향해 비울 수 있게 될 것이다. 그 순간을 꿈꾸며 나는 지금 이 시간을 가장 소중하게 살아간다.

이름을 불러주세요

　"어머니 나이에 돋보기 쓰기는 좀 이르죠. 좀더 버티다가 안되겠다 싶을 때 다시 오세요. 좋은 걸로 맞춰 드릴께요."

　시력은 여전히 좋은데 노안이 되어가고 있는지 눈이 침침해질 때가 있다. 책을 보다가 칠판을 보면 초점이 안 맞아 한참을 기다려야 흐릿한 글씨가 서서히 눈 안에 들어온다. 아직은 책을 많이 봐야 하는데 눈이 마음대로 되지 않아 집중력도 떨어지고 자꾸만 찡그리게 된다. 해서 안과를 찾았더니 의사가 하는 말이었다. 나는 의사와 이것저것 상담을 하면서도 머릿속에서 떠나지 않는 낱말 하나를 두고 이리저리 궁리를 하고 있었다. 나를 부르는데 뭔가 적절한 단어가 없을까? 아휴, 징그럽게 어머니라니……

　의사의 나이를 대충 짐작해보니 서른 후반쯤으로 보였다. 아무리 나이가 어려보여도 전문의 과정을 거쳐 준종합병원의 과장이 될 정도면 그정도 되지 않았을까. 얼굴을 보니 피부가 맑고 의사로서의 관록이 아직 붙지 않은 것으로 보아도 그녀의 나이 짐작은 틀리지 않은 것 같다. 그런데 겨우 마흔 중반의 내게 어머니라니. 내가 왜 그녀에게 어머니로 불려야 할까. 내 아이들이 부르는 것 이외엔 정말 사절하고 싶은 호칭이다. 아이들의 선생님으로부터 어머니라 불리울 때 그 때와는 또 다른 느낌이다. 그렇다면 뭐라 불러야 할까? 아주머니, 환자, 선생님? 의사들이 환자인 내게 선생님이라곤 부르지 않겠고…….

"언니, 가격도 부담이 없는데 사주지 그래?"

이건 또 왠 호칭이람. 내가 왜 지 언니야. 더구나 반말은 또 뭐고. 큰딸과 나이가 같아보이는 아가씨가 내게 언니란다. 그것도 반말로. 내가 아무리 존댓말을 해주어도 그녀는 내 말의 형식에는 관심이 없고 말의 의미에만 집중한다. 그래서 내 존댓말에도 그녀는 흔들리지 않고 제 말투를 끝까지 고수한다. 물건을 샀더니 비닐백에 넣어 건네주며 하는 인사말도 반말에 또 언니란다.

가끔은 아이들을 데리고 아울렛에 간다. 아이들은 품질보다는 디자인 때문에 그곳의 물건을 구입하기도 한다. 그럴 때마다 나는 판매원들의 말투나 호칭 때문에 불편해진다. 내가 속해 있는 사회에서는 상대를 어떻게 생각하든 본인 앞에서는 깍듯하게 이름과 존칭어를 사용한다. 아무리 존경하지 않는 사람이라 할지라도 예의를 갖춰주는 게 자신을 위한 처신이 된다. 그런 분위기에 익숙해 있다가 위에서 말한 그런 장소에 가면 그들은 너무 당당하고 정당하게 입을 벌려 말을 하는데 나는 갑자기 바보가 된 것 같아 당혹스럽다. 내가 좀 더 유연성을 발휘할 줄 아는 사람이라면 같이 언니라고 불러주면 좋으련만 나는 그렇게 변통성이 좋은 사람이 못된다. 그래서 혼자만 갈등하다가 서둘러 아이들의 손을 끌어당겨 쓴웃음을 지으며 그곳을 빠져나오곤 한다.

여자들은 결혼하면 이름은 뒷전으로 묻혀버리고 아무개의 아내, 엄마, 며느리 등등의 대명사로 존재하는 경우가 많다. 실제 생활에서도 자신의 시간을 갖기보다는 아내, 엄마의 역할로 지내는 세월이 많다. 남녀를 불문하고 한국사회에서는 나이가 들어갈수록 이름이 불려지지 않는다. 아무리 존칭을 붙여도 어른의 이름을 부른다는 것은 예의를 모르는 행위로 교육받고 자란 세대는 더욱 그렇다. 제발 내 이름을 불러달라고 호소하고 있는 나조차도 어른의 이름을 부르려면 가정교육 운운할까봐 쭈뼛거려진다. 사회생활을 하고 있는 사람들은 직장에서나마 이름이 불려지겠지만 전업주부들은 그러지 못하기 때문에 어쩌다 자신의 이름이 불려졌을 때 꼭 낯선 이름을 듣는 것 같아 쉽게 대답하지 못할 때도 있다고 한다.

그렇다해도 병원이나 관공서 등지에서 진료나 업무로 인한 이름을 부르는데 뭐가 문제가 될까. 단지 오래된 관습으로 인해 나이 든 여자의 이름을 부르기가 좀 꺼려진다는 것뿐일 텐데. 불러달라고 지은 이름이고, 그 이름을 부르는데 왜 그리 망설이는 것일까. 흔쾌히 부르고 흔쾌히 대답하면 될 일 아닌가. 그러면서도 이름 부르기는 그것을 수용하는 입장의 문제도 있다는 것은 인정한다.

문화는 급속하게 전파되는 게 있는가하면 생활 속에서 보이지 않게 미진의 형태로 오랜 시간을 거쳐 변화하는 게 있다. 대상이 누구든 상대의 이름을 부르는 것 역시 작은 의미의 생활 문화라면 서서히 변화가 될 것이다. 사람 사는 모든 것이 달라지고 있기 때문이다. 특히 가부장적인 위계질서에 익숙한 사람일수록, 그리고 가족적인 분위기 조성을 위한 장소에서 이름 부르기를 더욱 꺼려한다. 그러나 적당한 호칭을 찾지 못해 언니 또래의 윗사람에게 어머니라고 부르는 것보다야 낫지 않겠는가. 호감의 표시도 적당해야지 터무니없게 하면 상대에게 모욕감을 느끼게 하는 부작용을 초래한다. 주는 사람의 호의가 아무리 좋아도 받는 상대의 입장은 다를 수 있으니까.

우리는 가장하는 일에 수준급이다. 풀어 말하자면 사이비 기술에 능하다는 의미이다. 장사꾼은 손님을 현혹시키기 위해 온갖 방법을 동원하여 손님을 후려댄다. 그 과정에서 귀를 현혹시키는 것이 호칭이다. 그리고 뒤집어보면 그 호칭으로 상대를 제압하려는 의도가 깔려있다. 비굴할 정도로 상대에게 굽실거리는 사람치고 제 의도를 가지고 있지 않은 사람이 없다. 이해타산이 없는 사람은 남에게 비굴하지 않다. 그럴 필요가 없기 때문이다. 안과의사가 내게 가족적인 따스함을 조장하려고 어머니라 불렀다 해도, 옷가게에서 젊은 여자가 나를 제압하려거나 혹은 내게 아부하려고 언니라 불렀다 해도 나는 그런 의미에서 이해한다. 자본주의 사회에서 소비자의 위치는 생산자 우위에 있으니 내게 호의를 갖고 한 언행이기 때문이다.

아무리 그래도 나는 이름을 불러주길 원한다. 그래야만 비로소 그들이 나를 올바른 방법으로 대해주는 것이기 때문이다. 내 이름이 불려졌을 때, 나는 비로소 내 개체성을 깨닫는다. 내 실체는 보이지 않고 누구에 소속되어 있는 아무개로 살아가는 그 많은 시간 속에서 비로소 짧은 순간일망정 내가 실존함을 느낀다. 그러니 나를 김지헌이라는 한 사람으로 불러주는 것 그 이상의 호의가 또 있을까. 그래서 이름을 불러주는 것, 그것은 그들이 나를 인정해주는 최상의 인간적 예의로 여겨진다.

5부

성 모

성 묘

추석 전날, 친정아버지의 차례를 지내고 시댁 어른들께 미안하지 않은 시간에 도착하려면 나는 이틀 전부터 바쁘게 움직여야 했다. 추석날 아침, 시댁에서 차례와 성묘까지 마치고 나니 점심때가 훨씬 지나 있었다. 내일은 일이 있어서 오늘 친정아버님 성묘까지 강행군하지 않으면 안 되었다. 고창을 출발해서 부안으로 향했다. 다시 부안에서 변산에 있는 아버지 산소에 들렀다가 친정으로 가면 변산 일주를 하게 되는 셈이다. 그 날도 그랬다.

눈이 부시게 파아란 가을 하늘이 파도처럼 넘실대었다. 부안읍을 벗어나 변산으로 향하는 도로에 접어들자 누렇게 익은 벼이삭들이 황금물결을 이루었고 길 양옆으로 코스모스와 들풀들이 향연을 이루고 있었다.

얼마쯤 달렸을까. 언제나 꿈속의 이어도처럼 내 가슴에 자리한 넓고 푸른 바다가 눈앞에 펼쳐졌다. 늘 그랬듯이 나를 침묵으로 안아들이는 저 푸른 물결 곁에 내 아버님의 산소가 보였다. 철이 들 무렵부터 줄곧 가슴에서 우러나오는 목소리로 불러보고 싶었던 아버지. 산소에 도착하자 남편은 잡풀을 뽑아내고 아이들은 방아깨비를 잡으러 뛰어다녔다. 서쪽으로 기울던 태양이 어느새 훌쩍 자란 소나무 가지에 가려 있었다. 1년에 한 번씩 찾아오는 성묘길이건만 뜯어도뜯어도 끝없이 자라나는 잡풀들이 수염 꺼칠한 아버지를 대하는 것 같아 죄스러웠다. 준비해 온 음식들을 차려놓고 막걸리 한 잔을 따라 올리니 마음이 숙연해졌다. 해는 어느덧 수평선에 걸려 있고 남편은 서둘러 자리를 마무리했다.

산을 내려오면서도 자꾸만 아버지 계신 곳을 뒤돌아보았다. 어린 시절의 아련한 사연이 담긴 이곳에서 하룻저녁 묵었으면 하는 것이 늘 바람이었지만 여지껏 그러질 못했다. 그러나 오늘은 왠지 이곳에 머물고 싶은 마음이 강하게 일었다. 노을 빛 저 바다의 유혹인가, 내 아버지의 그리움 때문인가. 자꾸만 꾸물거리는 내게 남편은 빨리 차에 오르라고 채근을 했다.

"전에도 늘 그리고 싶어했잖아요. 오늘만 이 곳에서 하룻밤 지내고 갈래요."

무엇엔가 홀린 듯 나는 여기에 홀로 남겠다고 억지를 부렸고 남편은 하는 수 없다는 듯 불평스러운 표정으로 아이들을 태우고 횡하니 내 앞을 사라져 갔다. 수평선에 걸려있던 태양이 꼬리를 감추고 나자 사위가 어두워졌다. 묵어갈 곳을 찾아야겠다는 생각에 발길을 옮겼다.

10분 정도만 걸어가면 여관이 있었다. 그러나 오늘만은 그러고 싶지 않았다. 고향의 뉘집엔가 머무르고 싶었다. 고향이라 해도 태어난 지 두 해 만에 떠나간 곳이니 타향과 마찬가지일 테지만 마음은 그러지 않는 모양이었다. 땅거미가 스름스름 내려앉아 온 몸을 휘감고 돌자 무섬증이 들었다. 조금 전의 혼자 남겠다는 그 당찬 생각에 조금씩 균열이 일기 시작했다. 마음을 바투 잡고 큰길로 나오자 고향 마을의 불빛이 보였다. 마을에 당도해서 맨 처음 집으로 들어갔다. 마침 할머니 할아버지 두 분만이 계시는 집이었다. 사정을 말씀드리자 쾌히 승락을 해서 하룻밤 묵어갈 수 있게 되었다. 숙소를 정하고서야 안정된 마음으로 친정에 전화를 걸었다. 남편은 사뭇 불평스런 목소리로 전화를 받았지만 감정은 직설적으로 표출하지 않았다.

달빛 휘영청한 오늘밤 이곳에서 제대로 잠을 이루지는 못할 것 같았다. 발걸음은 절로 숙소를 빠져나와 옆 동산으로 옮겨졌다. 간간이, 파도소리 들리는 동산에 올라 얼마의 시간이 지났을까. 이슬이 내리는지 옷이 조금씩 젖기 시작했고 한기가 느껴졌다. 가끔씩 날아드는 풀벌레들이 나를 깜짝깜짝 놀라게 했고 그럴 때마다 꿈결인 듯 몽롱해져 있던 나는 차디찬 현실로 돌아오곤 하였다. 낮 기온에 맞춰 입은 얇은 티셔츠라 살갗을 스치는 밤바람이 차게 지나갔다. 가끔씩 진저리를 치다가 온몸이 떨리기 시작하더니 마침내는 위아랫니가 딱딱 부딪칠 정도로 한기가 심해졌다.

머리는 아프고 몸은 물먹은 솜처럼 천근이었다. 간신히 숙소로 돌아와 자리에 눕자 열뜬 내 몸은 공중으로 몇 번이고 날아올랐다. 나는 아버지 무릎에 앉아 재롱을 부리고 있었다. 무엇이 그리 즐거운지 까르륵까르륵 해맑은 웃음소리가 물결치고 있었다. 기억조차 나지 않는 아버지의 얼굴이 그렇게도 선명해 보이기는 처음이었다. 그런데 나를 안고 있던 아버지가 갑자기 황망하게 일어서더니 자꾸만 먼 곳으로 사라져 가는 것이었다.

꿈에서 깨어나자 참담하고 허망했다. 목이 터져라 불러보고 싶던 아버지라는 그 이름. 세 아이의 어미가 된 지금도 여전히 남아 있는 아버지에 대한 그리움과 갈망은 조금도 퇴색되지 않은 채 그대로였다. 단 한번만이라도 보고 싶다던 아버지의 모습이었다.

시댁으로 돌아가야 한다는 부담감 때문인지 일찍 일어나지 못할 것 같았는데 뜻밖에도 동이 틀 무렵쯤에 눈을 떴다. 버스 시간에 맞추려면 아직 여유가 있었다. 이슬 내린 논둑길을 지나 아버지의 산소로 다시 올랐다. 풍성한 가을 들판과 아침 햇살에 반짝이는 이슬 머금은 들꽃 몇 송이가 더욱 아름다워 보였다. 늘 나를 설레게 하던 바다는 썰물이 되어 드넓은 갯벌을 과시했고 이곳에 올 때마다 가보고 싶어 했던 작은 섬들도 알몸을 드러내 쉬고 있었다.

20여 년 전, 그 예전에 처음 이 산을 오르던 기억이 선연했다. 내가 고등학교를 졸업하던 해였다. 내 아버지에 관한 이야기는 단 한 마디도 없었던 어머니에게 항의라도 하듯 나는 무작정 이 마을에 찾아오곤 했었다. 그 때 아버지 혈육이 나 혼자라는 이유만으로도 아버지 산소를 꼭 찾아야 한다는 간절한 소망은 스스로에게 타당성을 부여하였다. 면사무소에 가서 호적등본과 주민등록등본을 떼어 수소문해서 아버지의 산소를 찾을 수 있었다.

돌보는 사람이 없었던 아버지의 무덤은 비바람에 허물어져 그 형태마저 희미해져가고 있었다. 초라한 아버지의 묘지만큼이나 내 가슴에도 황량한 바람이 일었다. 버석거리는 갈잎처럼 내 자신이 부서져버릴 것만 같은 순간이었다. 눈물을 감당할 길이 없어 섧게 울고 또 울었다. 마을로 내려가 낫을 빌려다가 풀을 베고 가지들을 쳐냈었다. 내 살아온 슬픈 날들을 베어버리듯 자리를 다듬자 내 감정은 더욱 격랑이 일었다. 늦거울의 매서운 바람이 소나무 가지를 흔들고 달아날 때마다 분분히 흩어지는 잔설들은 눈물범벅이 되어 얼어붙을 것만 같았던 내 볼을 사정없이 후려치며 도망쳤다. 이 혹독한 세상에 나만 홀로 버려진 것 같은 외로움이 살을 에이듯 온몸으로 파고들었다.

세상 밖에 나가 공경 받는 여자가 되라고 경희敬姬라는 이름만을 유언처럼 남기고 내가 태어난 지 8개월 만에 돌아가신 아버지. 아버지에 관해선 늘 함구하시는 어머니인지라 나는 지금까지도 내 아버지에 대한 궁금한 말을 한 번도 묻지 못했다. 빛바랜 부모님의 결혼사진 한 장만을 어렵게 구하여 간직한 채 나는 아버지에 대한 그 어떤 추억도 가지질 못했다. 지금 생각하면 아픔만 일렁이는 그런 기억이 전부였다. 처음으로 소주 한 잔을 따라놓고 큰절을 드렸었다.

"당신의 딸 경희가 왔습니다. 어느 곳에서건 아버님 당신이 늘 지켜봐주신다는 생각으로 든든하게 살고 있습니다." 눈물이 가슴을 타고 흘러내렸다.

망연히 바다를 바라보고 있는데 인기척이 났다. 돌아다보니 남편이 오고 있었다. 눈물방울이 또르르 풀잎 위에 떨어졌다. 애써 고개를 돌리는 내게 그의 따스한 손이 다가와 볼을 감싸주었다. 우리는 이 아침 아버지를 그리며 묘소를, 그리고 내 고향에서의 하룻밤 소원을 이룬 채 떠나올 수 있었다.

그해 여름날의 채송화

간밤 폭풍의 소용돌이에 내 소중한 채송화 밭이 염려되었다. 짧은 순간의 꿈에도 소스라쳐 놀라 장지문을 열었다. 그러나 금방이라도 나를 삼켜버릴 것 같은 칠흑 같은 어둠뿐이었다. 나는 채송화 밭을 되뇌며 꿈속을 한없이 헤매다가 눈부신 햇살이 창호지 문을 두드릴 즈음에야 눈을 떴다. 그 순간 어렴풋이 어젯밤의 악몽이 두려움으로 다가왔다. 나는 용수철처럼 튀어 일어나 마당으로 뛰어 나갔다.

폭풍과 천둥소리 대신 하늘엔 아침해가 찬연하게 솟아 있었고 그 사나워 보이던 비구름은 호수처럼 파란 빛깔로 열려 있었다. 그리고 꿈결에서 중얼거리며 염려했던 내 채송화는 아침 햇살을 받아 더욱 영롱하게 빛나 보였다. 마치 성문을 굳게 걸고 적군에 맞서 의지롭게 지켜낸 자랑스러운 장군의 모습이었다.

아! 나의 사랑하는 채송화.

내가 열세 살의 작은 사랑을 꿈꾸고 있을 무렵이었다. 선화 언니는 스물셋의 열병 같은 사랑을 앓고 있었다. 산과 바다만이 유일한 벗이었던 그녀에게 내 고향 초등학교 교사였던 그 남자는 그녀에겐 백마 타고 나타난 왕자였다. 난 가끔 사랑의 메시지를 전하는 비둘기 역할을 하기도 하며, 두 사람간의 성을 쌓는데 한 몫을 단단히 하고 있었다. 그들의 사랑이 자라는 것을 보면서 3년의 세월이 흘렀다. 그 세월에 백마 탄 왕자는 도시라는 이름의 성으로 날개를 달고 훌쩍 날아가 버렸다.

기약 없이 떠나버린 그 남자의 소식은 오지 않았다. 님은 갔지만 그녀는 님을 보내지 아니하였다. 그때부터 그녀는 한숨을 토해내며 <님의 침묵>을 실성한 듯 읊어댔다. 그리움으로 가득한 가슴을 어쩌지 못해 자꾸 야위어만 갔다.

사무친 그녀의 그리움처럼 백일홍이 서너 번 피었다 지고 두견새가 유난히도 토악스레 울어대던 그 해 여름이었다. 그녀의 집 마당가에도 채송화는 가득 피어났다. 그녀는 채송화가 물결치는 학교 화단가에서 그 남자와 찍은 사진을 가슴에 품고 있었다. 그 사진 속에서 그녀는 사랑하는 님을 만났고 때론 소망을 꿈꾸었으며 상상의 날개를 달고 동구 밖 고샅까지 님을 맞아 자유롭게 헤맸다.

유난히 채송화를 좋아했던 그녀는 정말 채송화 같은 여자였다. 작고 어렸지만 그 세차게 부는 바람에도 의연하게 자신을 잘도 지켜나갔다. 그러던 중 그녀의 어머니는 그녀에게 선을 보게 했고 자신의 의사와는 상관없이 결혼 날짜까지 잡아버렸다. 상대는 아이 둘이 딸린 박 부잣집 셋째 아들이었다.

외동딸이었던 그녀는 나를 친자매처럼 아껴주었다. 엄마한테 야단맞고 울먹이며 담모퉁이를 돌아 양지바른 그녀의 집 대문 앞에서 서성이고 있노라면 그녀는 맨발로 달려 나와 나를 꼭 안아주곤 했었다. 어떤 땐 그녀의 품안에서 잠이 들기도 할 만큼 그녀가 포근하게 느껴졌다. 그 무렵 나는 그녀가 엄마보다도 더 좋았다.

그렇게 좋은 그녀가 언제부터인가 자꾸만 야위어 갔다. 나는 그것이 슬펐다. 청첩장이 돌려지던 날 그녀는 나를 안고 간밤의 그 폭풍처럼 격하게 몸부림을 치더니 다음날 아침 고깃배에 실려 돌아왔다. 열여섯의 소녀였던 나는 그녀가 죽기 하루 전날 밤에 횡설수설하듯 들려준 그 말이 유언이었음을 뒤늦게 알았다.

그녀의 죽음으로 그녀의 어머니 가슴만 무너진 것이 아니었다. 아직 죽음이 무엇인지 사랑이 무엇인지를 모르던 어린 내 가슴도 너무 큰 슬픔으로 각인되었다. 나는 심한 고열에서 며칠 동안을 헤어나지 못했다.

이듬해부터 나는 그녀의 집 마당에다 채송화 씨를 뿌려 주었다. 어느 척박한 땅에서나 강하게 자라 원색의 꽃을 피우는 채송화로 환생하고 싶다던 그녀의 바람이 이루어지길 빌었다. 해마다 피어나는 채송화를 보며 나는 그녀의 영혼과 만나고 있었다. 그러다가 그녀의 어머니마저 세상을 떠났고 바닷가에 빈 집 한 채만 을씨년스럽게 서있게 되었다.

그 후에도 나는 그녀의 집 마당에 채송화 심는 일을 오래도록 계속 해왔었다. 그러나 안타깝게도 아직 내 가슴에서 그녀를 그리는 불씨가 사그라지지도 않았는데 도회지의 어떤 투기꾼이 그녀의 집을 허물고 별장을 지어 버렸다. 이제 그녀의 마당엔 그녀의 혼이 서린 채송화 대신 콘크리트 바닥에 기름 냄새가 배어나게 되었고 밀물 땐 마루까지 차오르던 바닷물 대신 높은 담장이 가로 막혀 문만 열면 볼 수 있었던 꿈의 바다는 볼 수 없게 되었다.

그러던 어느 때부터인가 나는 친정집 마당에 채송화를 다시 심기 시작했다. 그렇게라도 하지 않으면 그녀의 영혼이 편안하게 안주할 수 없으리라는 생각이 들었기 때문이었다. 내가 결혼한 이후에도 까닭모른 어머니는 당신의 딸이 끔찍이도 좋아했던 꽃이라고 해마다 마당 한 켠에 채송화를 꼭 심어 주셨다. 그래서 친정집 마당엔 여름 내내 채송화가 다투듯 향연을 벌이고 있었다. 우연히 친정집에 다니러 갔던 지난 밤, 거센 비바람이 채송화 밭을 망가뜨릴까 봐 가위 눌린 내 의식은 조바심이 났다. 마치 그녀의 혼백이 상처라도 받듯.

20여 년이 지나 그녀에의 영상은 이제 빛바랜 허상이 될 수 있겠건만 나는 왜 지금도 그녀의 기억 하나 희석시키지 못하는 것일까. 화사했던 어느 여름날 꽃향기처럼 아름다운 꿈을 꾸게 했던 그 사랑에 목숨을 던졌던 그녀. 어느 하늘 아래 한 점 바람으로 떠돌고 있을까.

함이 오던 날

잔잔히 흐르는 여울물 소리 위에 사뿐히 내려앉은 봄.

웃음소리 환한 돌담길을 따라 청사초롱 밝혀진 대문을 들어섰다. 황토의 마당을 지나 토방에 오르니 진달래빛의 화사한 신부가 버선발로 우리를 맞아 주었다. 벌써 많은 친척이 와 있었다.

일곱 시가 되자 함잡이가 도착했다는 기별이 왔다. 이슬처럼 맑은 시누이의 얼굴에 들뜬 감정이 역력했다. 그런 그녀가 새삼 부럽다는 생각까지 들었다. 모여 계신 집안 어른들의 이야기가 끊임없이 무르익어 갔고 아낙네들의 손길은 분주하기만 했다. 이윽고 동네 어귀에 달아둔 청사초롱 앞에서 <함 사시오>의 우렁찬 목소리들이 온 집안을 싱그럽게 휘감았다.

신부의 오빠들이 몇 번인가 흥정을 하고 함잡이의 요구에 주방의 일손들이 바빠졌어도 함은 아직 대문 안으로 들어올 기미가 보이지 않았다. 초저녁부터 내리기 시작한 빗줄기는 자꾸만 굵어지고 그러는 사이 밤은 깊어갔지만 아무도 서두르는 사람은 없었다.

잔치는 흥겨웠다. 신부는 예쁘고 사랑스러웠으며 그를 바라보는 신랑의 눈빛은 한없이 다정해 보였다. 참으로 기쁘고 흥겨운 자리에서 나는 자꾸만 눈물이 나왔다. 갑자기 죄책감과 후회로 숨이 막혀와 어머니께 달려가고만 싶었다.

나는 어린 시절 어머니하고 늘 따뜻하게 지내고 싶다는 소망을 갖고 있었다. 젖 뗄 무렵부터 줄곧 외가에서 자라 어머니의 사랑을 거의 피부로 느끼지 못하고 지냈다. 이모들의 사랑은 한없이 많이 받았었지만 그게 어디 어머니의 사랑만 하겠는가. 그래서 나는 어머니가 늘 불만스러웠다. 아니 어머니에 대한 차가운 겨울 강이 내 가슴 속에 흘러드는 밤이 많았다. 나는 성인이 되어 직장을 갖게 되어서도 혼자 독립을 해서 살아야 했다. 그랬으니 어머니와 나는 서로 숨바꼭질만 한 셈이다. 그런 딸이 어느 날 어머니께 불쑥 결혼하겠다는 편지를 보냈다. 한달음에 달려오신 어머니는 진정되지 못한 가슴으로 아무 말씀도 못하시고 사위 될 사람의 얼굴만 몇 번이고 훔쳐보시더니 그대로 버스를 타셨다. 그리고 우리는 서둘러 결혼 준비를 시작하였다.

결혼식을 이틀 앞두고 필요한 것들을 준비하느라 잠깐 집에 들러 왔을 뿐 하룻밤만이라도 같이 있다 가라는 어머니의 말씀을 못들은 척해 버렸다. 어리석게도 나는 그렇게 함으로 해서 그동안 어머니께 가졌던 섭섭한 마음을 상계할 수 있다고 생각했던 것이다. 나중에 이모로부터 함 받던 날의 이야기를 전해 듣고 뼈아픈 후회의 눈물을 흘렸다. 그러나 어머니의 가슴은 지금도 여전히 멍이 남아 있을 것이다.

결혼식 전날 신부 없는 방에서 어머니는 함을 받으셨다. 흥겨워야 할 잔치 자리에서 이모들은 어머니의 눈치를 살펴야 했고, 어머니는 그런 시선들을 의식하느라 이중삼중 내색 없는 표정으로 아픔을 삭이셨으리라. 함을 두고 돌아가는 사위의 손을 꼭 잡고

"내 몫까지 사랑해 주게나."

그 말씀뿐 젖은 얼굴을 보이지 않으려 어머니는 뒤돌아 어둠속으로 숨으셨다. 진정 어머니의 아픔이, 슬픔이 어둠 속에서 사라져버릴 수만 있다면 어머니는 그 밤 내내 그 속에 서 계셨을 것이다.

그 밤 모두 잠든 후에 어머니는 함 가방을 어루만지며 소리죽여 오열을 터뜨리셨다. 그 분의 가슴을 적신 뜨거운 눈물의 의미를, 그 서글픈 그림자의 의미를 그때 나는 이해하지 못했다.

신부 없는 방에서 함을 받으셨던 어머니의 심정이 어떠하셨을까 이제야 헤아려지니 가슴이 찢어지는 것만 같다. 당신이 키운 딸이 행복한 표정으로 제 길을 찾아가는 모습을 보아도 어머니는 허전함으로 그 밤 내내 서성였을 것이다. 그런데 생활 틈새에서 어쩔 수 없이 늘 눈물 바람이나 하며 먼발치에서 자라는 걸 지켜보다가 그나마 가슴에 못을 박고 떠나는 딸년을 보내는 마음이야 오죽했을까. 고슴도치마냥 어머니의 상처를 덧내놓고 찬바람 일으키며 가버린 딸을 보면서 어머니는 온 밤을 뜬 눈으로 지새우셨으리라.

이제라도 다시 함을 받아 어머니의 상처 진 마음에 위안이 될 수만 있다면 정녕 그렇게 해드리고 싶다. 아픔도 세월의 흐름에 그 빛이 바래지는 것일까. 허물도 사랑인 양 말하지 않아도 짐작될 수 있는 세월은 언제쯤이나 되려는지. 아프게 멍들었을 어머니의 가슴을 헤치고 그곳에 물풀처럼 휘감긴 상처의 타래를 풀어드리고 싶다.

지난 상념에서 벗어나 주위를 둘러보니 잔치 분위기는 한참 무르익어

여기저기에서 떠다니는 웃음소리로 온 집안이 들썩거렸다. 자리에서 일어나 대문 밖으로 나와 보니 굵은 빗줄기는 어느새 멈춰 있었고 멀리서 희미하게 들리는 개 짖는 소리가 밤이 깊었음을 느끼게 했다. 하늘빛처럼 고운 신부의 행복을 간절히 빌어본다.

행복이 가득한 방

　아파트 출입구 앞에 서서 보니 정면으로 보이는 은행나무에 마지막 이파리가 매달려 있다. 지난여름 그 무성했던 잎들은 다 떠나고 앙상한 가지만 쓸쓸하게 남아 있다. 계절 탓일까. 찬거리를 사야겠다는 생각으로 밖에 나왔지만 의욕이 생기지 않았다. 나는 아파트 등나무 밑에 우두커니 앉아 그 곳에 드나드는 사람들을 무심히 바라보았다. 하루를 열심히 보내고 아늑한 가정으로 돌아오는 사람들의 모습이 오늘따라 유난히 생기가 없어 보였다. 스산한 바람에 실려 온 낙엽들이 발 밑에서 맴도는 것을 보며 자리에서 일어났다. 하늘을 올려다보니 어느 새 별이 돋는 시간이었다.
　평소 잘 다니던 식육점을 지나 마음 내킬 때에만 가던 가게로 들어섰다. 그러고 보니 계절이 두 번이나 바뀔 동안 나는 이 집을 찾아오지 않았던 것 같다. 그런데도 지난봄에 보았던 새댁은 며칠 전에 왔던 손님을 대하듯 밝은 얼굴로 주문을 받았다.
　새댁의 서툰 칼 솜씨를 지켜보다가 문득 고개를 옆으로 돌리니 안방이 절반쯤 들여다보였다. 처음 본 방안도 아니런만 이상하게도 내 시선을 끌어들이는 그 무엇인가가 있었다. 서너 평 남짓한 방안에는 TV, 그리고 감 꺾꽂이, 보일락말락한 벽 구석으로 키 작은 남자의 주름 잡힌 바지 하나가 걸려있고 그 위로 빳빳하게 다림질이 잘 된 흰 와이셔츠가 걸려 있었다. 그것뿐인데도 왠지 방안에는 뭐라 형언할 수 없는 밝은 빛이 감도는 것 같았다.

그 사이 새댁은 고기를 다 썰었는지 비닐봉지를 챙겼다. 새댁으로부터 봉지를 건네 받을 때였다. 나는 아주 작은 소리를 듣고, 실례라는 생각을 할 겨를도 없이 본능적으로 고개를 길게 빼서 방안을 들여다보고 말았다. 놀랍게도 그곳엔 달덩이 같은 아기가 누워 있는 게 아닌가. 이불을 덮어 얼굴만 보이는 아기는 이제 마악 잠에서 깨어난 듯 작은 몸을 뒤채며 환하게 웃고 있었다. 이 작은 방에 대한 호기심을 불러일으킨 것은 바로 이 아기의 생명력, 그리고 환한 웃음이었던가 보다. 양팔을 벌리면 손끝이 맞닿을 것 같은 벽, 세상은 넓고도 넓은데 부잣집 뒤주 만한 이 작은 방안에서 아기는 쌔근쌔근 잠들었다 깨어나며 그 작은 몸으로 이 보금자리를 빛내고 있었다.

거스름돈을 꺼내려 돌아서는 새댁을 보니 이내 머지않아 산달임을 짐작케 했던 지난봄이 생각났다. 그 사이 새댁네는 가족이 늘었고 그 작고 아늑한 방안엔 사랑이 가지마다 피어나고 있었던 것이다. 고기를 건네 받고 그 집을 나오며 나는 정말 소중하게 여겨야 할 것들을 잊고 살아왔다는 생각에 당혹스러웠다. 작고 부족했던 시절에 느낄 수 있던 감사와 겸허감이 헛껍질만 남기고 내게서 빠져나가 버린 지가 언제였던가. 소꿉놀이하듯 작은 것들도 소중하게 이루어내려 애쓰며 살던 시절이 차라리 행복이었던가.

할머니의 동백꽃 방석

붉다 못해 검붉기까지한 꽃잎. 그리고 그 꽃잎에 둘러싸여 있는 화려한 황금빛 꽃술. 이렇듯 동백꽃은 너무도 선연하고 너무도 붉다.

어린 시절, 옆집 언니는 눈발 속에서도 그토록 선연한 모습을 드러낸 동백꽃을 가족 몰래 몇 가지 꺾어서 아홉 살인 내 가슴에 안겨주며 아랫마을 인철이 오빠에게 전해 달라고 했었다. 그 때부터 동백꽃은 묘하게도 내 가슴 깊이 징표 같은 어떤 의미로 각인되었다.

시댁은 고색창연한 한옥이었다. 문간채와 본채 사이에는 여남은 개의 징검다리를 건너야 할 정도로 넓은 뜨락엔 많은 나무와 화초가 자리하고 있었다. 그 가운데에 맨 먼저 눈에 들어온 것은 한 그루의 커다란 동백이었다. 나는 틈만 있으면 그 동백나무 밑을 맴돌곤 했다. 그런데 해마다 동백꽃이 벙글기 시작하면 할머니는 한숨을 짓곤 하셨다. 갓 시집 온 새댁인 나는 뭐라고 참견도 못하고 그저 가슴만 저미곤 했다.

어느 날 해가 설핏할 무렵이었다. 크나큰 집엔 적막이 짙게 드리워져 있었다. 저녁 준비를 하려는 참인데 할머니는 나를 부르시어 앞에 앉히고는 동백꽃 사연을 말씀해 주셨다.

시할아버지는 동백꽃을 무척 사랑하셨다고 한다. 그래서 겨울이면 가까운 선운사로 동백꽃을 보러 두 분이 꼭 나들이를 가셨단다. 어느 해 봄 할아버지는 산모롱이에서 동백 한 그루를 구해다가 정원에 옮겨 심으셨다. 그러나 다음 해 봄, 어느 날 할아버지는 갑자기 오 남매를 덩그마니 남겨둔 채 할머니 곁을 훌쩍 떠나셨다. 그 해 큰 아이 키만 한 동백나무에서 유난히 붉고 탐스런 동백꽃 한 송이가 처음으로 피었다. 할아버지께서 동백꽃을 징표로 남겨놓고 떠나신 게 아니겠느냐면서 할머니는 눈물을 훔치셨다.

그 후 아이들이 자라듯 동백꽃 송이도 해마다 다르게 불어났다. 우리가 결혼했을 땐 동백나무는 이미 밑동이 굵고 줄기가 무성한 나무로 자라 있었다. 그 긴긴 세월 동안 할머니는 혼자만 간직했을 이 사연을 처음으로 내게 말씀을 하신다며 잘 키우라는 당부를 덧붙이셨다. 그 나무를 보며 얼마나 많은 한숨을 토해내셨을까. 손주며느리인 나에게 당신의 가슴을 열어 보이신 것은 혼자 감당하기에는 너무 버거웠기 때문이었으리라. 할머니는 다시 말씀을 이어

"금슬 좋은 부부는 귀신도 시기한단다. 아가야! 네 남편이 좋아도 너무 드러내서 좋아하지 말어라. 그 옛날의 여인들은 아무리 정분이 좋아도 남의 눈에 띄지 않게 처신했단다."

할머니는 할아버지가 일찍 가신 건 신도 질투할 만큼 좋았던 금슬 때문이라고 여기시는 것 같았다. 그래서 철없이 촐싹거리는 젊은 손부가 조심스러우셨던 모양이다.

만개한 후에 은장도의 결연함처럼 미련 없이 땅에 떨어지는 깔끔한

생이 좋아 동백꽃의 미련을 버리지 못하신다던 할머니. 당신도 동백꽃처럼 그렇게 깔끔하게 최후를 맞으셨다. 동백꽃 바람 불던 어느 봄날 저녁까지 든든하게 잡숫고 잠자리에 들어 평온하게 눈을 감으셨다. 행여 노망이라도 들지 않을까 어지간히도 염려하시더니 당신의 소원대로 곱게곱게 떠나셨다. 동백꽃 잎처럼 꽃부리 하나 상하지 않고 꽃바람에 실려 소쩍새 울음 따라 떠나셨다.

부음을 받고 달려가던 차 안에서 나는 뜨겁게 울었다. 동백꽃 닮은 그리움을 안으로 삭히며 홀연히 눈 감으셨을 할머니. 귀신도 질투한다는 말씀으로 내 금슬까지 염려해 주시던 할머니. 동백꽃잎에 부쳐 말 못할 그리움을 새기며 아프게 살아오신 할머니의 세월. 동백꽃이 왜 붉은지 아느냐고 물으시던 할머니의 음성이 내 귓바퀴를 맴도는 듯했다.

생전의 모습 같은 할머니의 평온한 모습을 뵙고 나는 마당으로 나와 동백나무 곁으로 갔다. 영문을 아는지 모르는지 동백나무는 전과 다름없이 여기저기 꽃송이를 달고 있었다. 입관식 날 아침 나는 벙글어 있는 동백꽃을 모두 따 모았다. 그리고 예쁜 꽃바구니에 담아 할머니의 관 위에 조심스럽게 놓아 드렸다.

그 후 몇 해가 지나고 나서 시댁에 들렀을 때였다. 시아버지는 당신의 어머니가 사셨던 그 집을 자식들이 모두 장성해서 각자 흩어져 살게 되었으므로 불편하다고 양옥으로 개축을 하면서 그 동백나무도 다른 나무와 함께 뽑아냈다. 나는 그 아픔의 시간을 함께 한 동백나무를 우리 집으로 가져와 바람이 많고 햇볕이 잘 드는 곳에 심었다. 나는 가끔 이 나무를 어루만지며 할머니를 생각한다. 그리고 지는 동백꽃잎처럼 내 삶도 그렇게 마치는 날까지 깨끗하고 단아하기를 염원한다.

내일 모레가 할머니의 기일이라는 생각이 떠오르자 문득 할머니가 보고 싶어 정원으로 나갔다. 마지막 몇 개 남은 꽃송이가 할머니의 기품을 지키기라도 하듯 붉은 빛을 토해 내고 있었다. 떨어진 꽃봉오리들도 하나같이 싱싱함을 그대로 지니고 있어서 더욱 애절한 슬픔을 자아내게 했다. 비록 낙화가 되었을망정 추한 꽃잎은 없었다. 내일 모레쯤이면 마저 떨어져버릴 저 꽃잎들. 이번 제삿날에 할머니께서 다녀가실 때 방석 삼아 쉬어가시라고 젯상 옆에 예쁘게 놓아보련다.

이 가을에

만추다. 골목 어귀에서 서툰 걸음으로 달려오던 가을바람이 장롱 깊숙한 곳에 넣어 두었던 바바리를 꺼내들게 하였다. 나는 하릴없이 옷깃을 세우고 길거리를 헤매다 오후 늦게 귀가했더니 올망졸망 토끼눈의 아이들은 불평으로 온통 아우성들이었다. 무엇이 나로 하여금 안정을 갖지 못하고 뭔가 잃어버릴 것 같은 조바심으로 하루하루를 보내게 하는가. 노랗게 물든 가로수 은행잎들이 스산한 바람에 흩날리는 이 계절을 나는 어떻게 견뎌내야 할까.

언젠가 9월의 달력을 넘기며 오랫동안 순정한 기억으로 남아있는, 첫사랑과의 추억 같은 통증이 온 몸에 일었었다. 그리고 그만큼으로 올 가을을 넘길 수 있길 바랐었다. 그런데 그게 아니었다.

가을이 깊어갈수록 가슴을 일렁이게 하는 온갖 상념들이 까닭 모르게 자신을 주체할 수 없게 했다. 누군가의 전화 한 통화에도 감정이 예민해지고, 지는 낙엽 속에서도 감정이 솟구쳐 그 기폭을 나 자신도 가늠할 수가 없었다. 생각해 보면 그 누구도 내게 고통을 주거나 문젯거리를 제공

해 주는 사람은 없었다. 그런데도 까닭모를 슬픔이 몰려들고 심지어는 서럽다는 생각까지 드는 것에 도대체 내 가을 병의 처방은 내릴 수 없었다. 남편에게 그같은 이야기를 했더니

"당신 그 일 그만해."

그 한마디뿐이었다. 그는 늘상 내가 밝고 희망찬 글을 쓰길 원했다. 누가 읽어도 따뜻한 느낌으로 다가오는 글을 썼으면 좋겠다고 했다. 물론 나도 그러고 싶다. 그런데도 왠지 자꾸 어두움이 짙게 배인 글을 쓰게 되고, 그러면서 내 스스로는 카타르시스 되는지도 모르겠다. 글 쓴네 하면서 예전에 없던, 계절이나 타고 서럽다는 말이나 입에 올리는 아내를 두고 남편으로선 그 모든 빌미가 글 쓰는 일 때문이라고 생각한 것도 무리는 아니리라. 하지만 스스로 생각해 보면 결코 그것만은 아닌 것이다.

가난하고 힘겹게 살았던 시절, 아이들 셋을 키우면서 사업하는 남편 내조에다 이런저런 일들로 긴장을 하고 살았으니 봄이 가면 여름이 오고 가을이 가면 겨울이 오는구나 하는 느낌뿐 꽃이 피고 나비가 날아도 그것을 환희로 승화시키는 감성이 미처 피어나지 못했던 것이 그간의 내 생활이었다. 그러고 보니 그런 세월이 어림잡아 십여 년이었다.

그 기간 동안 나는 철저하게 자신을 잊고 아내로서 그리고 엄마로서의 삶을 충실히 살아냈다. 그저 언덕 위의 하얀 집을 꿈꾸며 열심히만 살아온 것이다. 때때로 왜 이렇게 살아야 하는가의 회의가 자신을 괴롭힐 때도 있었다. 그러나 아내로서 엄마로서의 내 삶에 그런 생각들이 오래 머물진 못했다. 그리고 그저 수식어 투성이인 현모양처의 굴레에서 맴돌고 있었다. 차츰 정신없이 휩쓸려 살아온 세월 속에서 언젠가는 내 자리를 마련해야겠다는 결심을 굳히기 시작했다.

그러나 힘겹게 살아오면서, 늘상 갖고 있던 소망을 향해 미세한 날갯 짓조차도 하지 못했던 내가 습작을 시도하면서 느끼는 절망감은 컸다. 10년 동안 나는 뒷걸음질 치면서 살았다는 느낌이 들었다. 세상과 담을 쌓고 살다가 이제야 담장을 허물고 보니 담장 안과 밖에서 느껴지는 그 높은 갭을 어떻게 해결할 수 있을까 하는 문제에 부딪히게 된 것이다. 가 장 최선의 방법으로 내가 사랑하는 이들을 위해서 살아온 지난 시간이 내 자신에겐 이토록 뼈저린 낙오의 느낌이 들게 한 것이다.

내가 이 가을에 서글픔을 느낀다고 말을 하고 난 며칠 뒤였다. 정말 걸 리적거리는 부분들을 모두 떨쳐버리고 잠시나마 나만의 상념에 젖을 수 있는 여행을 떠나고 싶다는 생각을 하고 있었다. 이 가을은 아무런 저항 의 기색 없이 내게 문을 열어줘 그 안으로 나를 함몰시켜 버렸는지 나는 그토록 자신을 추스르지 못하고 있었다. 그 여세를 몰아 나는 통 큰 여자 가 되어 버렸다. 어느 날 밤, 신문을 뒤적이는 그에게

"나, 하루만이라도 좋으니 여행 좀 보내줄 수 있어요?"

라고 넌지시 물어보았다. 내가 없으면 우리 집은 단 하루도 제대로 되 는 일이 없는 줄도 안다. 그러면서도 가을 속으로 떠나고 싶은 간절함이 나를 그렇게 몰아세웠다. 남편이 내게 정색을 하며 말했다.

"이 사람아, 나는 가을이 언제 와서 언제 가는지도 모를 만큼 바쁘게 살아. 월말에 어음 처리하고 한숨 돌리고 나면 다음 월말을 걱정해야 할 만큼 나는 세월조차 가늠하지 못하고 산단 말이야."

그것을 몰랐던 바 아니었다. 그런데도 지금 이 순간 왜 이렇게 남편 앞 에서 내 자신이 부끄러워지는지 모르겠다. 그이는 누굴 위해 그렇게 세 월조차 가늠하지 못하며 힘겹게 살아가는 것일까. 자신의 성취감 때문

만은 아닐 것이다.

세 아이들과 아내를 어려움 없이 살아가도록 해야 하고, 그와 인연지어 살아가는 사람들에게 폐가 되지 않도록 하기 위해서도 뭔가를 이루어내야 했을 것이다. 그 틈새에 나는 그에게 가장 든든한 내조자로 있고 싶었다. 그러나 그것은 생각뿐 실에 있어서 어떤 힘도 되어주지 못했다. 자금난에 허덕여도, 월말이면 어음 막기 위해 마음 졸여야 하는데도 그의 고충을 곁에서 지켜보기나 할 뿐 현장에서 같이 뛰어 주지는 못했었다.

언제부턴가 그는 내게 자신의 일에 참여해 달라고 했지만 나는 그 방면에 무지하다는 이유로 번번히 거절했었다. 현실적으로 보자면 그렇게 나는 남편을 이해하고 협조해 주는 데는 인색했던 것이다.

그런저런 생각들이 꼬리를 물고 지나가자 그에게 미안한 생각이 들었다. 가을 탓에 여행을 가고 싶다고 말한 내 자신이 황당하리만치 부끄러워져 그저 무안한 느낌만 들었다.

"정말 해낼 수 있을지 모르지만 나도 같이 일할게요. 사업 하는 거 나라고 왜 못하겠어요? 자신을 스스로 변화시켜서라도 해 보겠어요."

처음으로 그이에게 이런 대답으로 응수했다. 반짝이는 그의 눈빛이 함박웃음과 함께 내 가슴팍에 머물렀다. 산다는 것과 아름다운 것, 그리고 사랑한다는 것이 모두 어우러져 정겨운 이 가을밤에 한 무리 별처럼 빛나고 있었다.

6부

진홍 가슴새로

진홍가슴새로

옛날, 하느님께서 이 세상을 처음 열고 하늘과 땅을 비롯하여 모든 것들에게 생명을 주시고 그들에게 낱낱이 이름을 붙여 주셨을 때의 이야기이다. 하느님은 온종일 작업을 계속하다가 뭔가를 생각하신 듯 잿빛깔의 작은 새 한 마리를 만들어 내시고는

"네 이름은 진홍가슴새야."

라고 명명하셨다.

새는 하느님 손에서 날아올라 아름다운 낙원을 한 바퀴 돌고난 다음 진홍가슴새라는 이름을 상기하며 자기 모습을 살펴보았다. 그러나 몸 전체가 온통 잿빛깔 뿐이었다. 물거울에 전신을 비춰보았지만 어느 한 곳에도 진홍빛은 없었다. 새는 하느님께 되돌아가서 잿빛깔 뿐인데도 어째서 이름은 진홍가슴새라 했는지 까닭을 물었다.

"내가 진홍가슴새라고 정했으니까 너는 진홍가슴새가 된 거야. 하지만 네 마음가짐 하나로 너는 빨간 날개털을 정말 받게 될 수도 있단다."

하느님은 조용히 웃음을 머금고 이렇게 말씀 하셨다.

그로부터 헤아릴 수 없는 숱한 세월이 흐르고 또 흘렀다. 인류사에 길이 남는 어느 날 아침이었다. 예루살렘 성문 밖의 작은 언덕, 들장미 덩굴 속 둥지에서 진홍가슴새는 새끼들에게 세상이 처음 만들어진 날의 이야기며 자신의 이름이 만들어진 사연을 얘기하고 있었다.

"그 첫날부터 헤아릴 수도 없이 많은 세월이 흘러서 아기 새들이 태어났지만 진홍가슴새는 진홍빛 날개털 한 장도 없는 여전히 잿빛깔의 새일 뿐이란다."

아기 새들은 조상들의 노력에 대해 의문을 품었고 어미 새는 할 수 있는 일은 뭐든지 다 해 봤지만 허사였다고 말했다.

"제 일대 조상님은 당신과 똑같이 생긴 새를 만나서 가슴이 활활 타도록 사랑하셨단다. 그 불길로 가슴의 날개털이 빨갛게 물이 들 때까지 사랑하라는 것이 하느님의 뜻일 거라 생각하셨지. 그러나 결국 실패로 돌아가 버리고 그 후대 어른들도 애쓰셨지만 모두 실패하셨어. 너희들도 역시 실패할 거야."

어미 새는 서글픈 눈빛으로 이렇게 말하다 별안간 주둥이를 다물고 말았다. 성문에서 사람들이 요란하게 밀려나왔기 때문이었다. 말을 탄 무사들, 못과 망치를 든 사형집행인, 깡패들이 섞인 군중은 진홍새네 둥지가 있는 언덕 쪽으로 몰려왔다. 그들은 십자가에 사람을 매달아 못을 박고도 무엇이 부족한지 그 중 한 사람의 머리에 가시관까지 씌웠다. 어미 새는 둥지 속으로 날아들어 날개를 펴고 자기 새들을 보호하며 이렇게 말했다.

"저것 봐! 이마에 가시가 박혀 피가 흘러내리고 있구나. 그런데 저 분은 나쁜 사람 같지가 않아. 저 분이 괴로워 하니 내가 못 박힌 것같이 심장이 아파오는 걸."

어미 새는 가시관을 쓴 사람에게 참을 수 없는 동정심을 느꼈다.

잿빛깔의 작은 새는, 십자가에 못 박힌 사람의 이마에서 핏방울이 흐르는 것을 보자 더 이상 가만히 있을 수가 없어 둥지에서 날아올랐다. 불쌍한 그 사람을 위해 뭔가 할 수 있는 일이 있을 거라고 믿으며 작은 새는 십자가 언저리를 맴돌았다. 마침내 용기를 낸 작은 새는 가시관을 쓴 그 사람의 이마에 박힌 가시 하나를 주둥이로 뽑아내었다. 그때 그 사람의 피 한방울이 새의 가슴에 떨어졌다. 핏방울은 곧 번져서 짧고 부드러운 날개털을 물들이고 말았다.

둥지로 돌아온 어미새를 보고 아기 새들은 깜짝 놀라 저마다 큰소리로 지저귀었다.

"가슴이 빨개요. 들장미 꽃잎보다 더 빨개요!"

"저 가엾은 분 이마에서 떨어진 핏방울이란다. 샘물에 멱 감으면 곧 지워질 걸 뭐."

어미새는 대수롭지 않게 대답했다. 그러나 어미새가 아무리 멱을 감아도 그 가슴의 진홍빛은 결코 지워지지 않았다. 그 뿐만이 아니라 아기 새들이 다 자라 보니 그들의 가슴에도 핏빛과 같은 진홍 날개털이 빛나기 시작했다. 그리고 지금까지도 그 빛깔은 모든 진홍가슴새의 목과 가슴에 빛나고 있다.

내가 처음 글쓰기를 시작했을 때 나는 잿빛새였다. 세상은 밝고 푸르렀으며 고개를 들어 주위를 살펴보면 어찌나 아름답고 사랑스러운 새들이 많았는지 내 어두운 빛깔에 스스로 침잠할 수밖에 없었다. 그 예쁜 색깔들의 새를 보며 단 한 점만이라도 내게 그 빛깔이 주어지길 소원했다. 내 아버지 역시 진홍가슴새를 꿈꾸다가 어두운 잿빛새인 채로 요절하셨으니 내 간절함은 차라리 슬플 지경이었다. 생각해 보면 그것은 숙명이었다. 잿빛새의 삶을 사신 내 아버지가 진홍가슴새로의 꿈을 이루기 위해 얼마만큼 애를 태우셨는지 모르지만 나는 여전히 화사한 날개 촉 하나 없는 잿빛새일 뿐이었다. 처음엔 자신의 모습에서 헤어나고자 맑은 물에 닦아내고 또 닦아 보았지만 허사라는 걸 알았고 차츰 그 삶에서 둔감해져갔다. 그러다 어느 날, 나는 문학이라는 내 삶의 동반자를 만나게 되었고 그를 통해 내 가슴에서 홰를 치는 진홍가슴새의 환영을 보았다.

그러나 나는 진홍가슴새로의 꿈이 얼마나 벅차고 숭고한 것인지, 몇 년 동안 작품을 쓰며 깨닫게 되었다. 그래서 나는 다시 태어나지 않으면 안 되었다. 문학은 그저 바라보는 것만으로는 아무것도 달라지지 않았다. 그에게로 다가가 조심스레 이리저리 만져보고 두드려본 후에야 비로소 그에게 손을 내밀었다. 그러나 그는 내게 결코 호락호락하지 않아서 얼마나 가슴 태웠는지 모른다. 어느 땐 바싹 다가서는가 하면 홀연히 사라져 희비가 엇갈리는 순간도 많았다. 아무리 그가 날 힘겹게 해도 나는 그를 홀대하지 않았고 오히려 정성을 다 했다. 그러다 보니 어느 틈엔가 그는 슬그머니 내 곁에 다가와 내 손을 따뜻하게 잡아 주었다.

아직 나는 잿빛새이다. 아니, 영원히 잿빛새로 남을지도 모르지만 진홍가슴새에의 꿈만은 변함없이 간직할 것이다. 내 살아가는 동안 잿빛 가슴이, 순간이라도 붉어질 때가 몇 번이나 있게 될지 알 수 없지만 나는 그 순간을 위해 많은 것을 준비 하리라. 사랑으로 가슴을 붉게 물들일 수 있다면 사랑하는 일에 인색치 않을 것이며, 푸른 창공을 날다 누군가에게 내 여린 부리일망정 필요하다면 서슴없이 내어 주리라. 그렇게 내 꿈을 향해 날갯짓 하다가 정말 운명처럼 잿빛새에서 진홍가슴새로 깨어날 수 있는 그런 고귀한 작품 한 편 쓰게 된다면 더 말해 무엇하겠는가.

목숨 한 자락의 기억

언젠가 느닷없이 가난을 떼어버릴까? 진실을 떼어버릴까? 하고 묻던 친구 생각이 났다. 하늘 푸른 대기권엔 탄력이 생기고 한낮의 거리 어디선가에 소녀의 기도가 떠 있는 것만 같던 때였다. 친구의 어머니는 서울로, 여동생은 춘천으로 흩어지고 서러운 눈물만 흘리게 한 열두 살의 어린 남동생은 화식집의 심부름꾼이 되었다. 이 때 아닌 풍비박산에 정말 이산가족이 되려는지 그는 자신의 아버지 거처조차 모르고 있었다. 그때 나는 그의 아버지가 어떤 일을 했는지 알지 못했다. 단지 그가 자신의 아버지 하는 일을 매우 못마땅해 한다는 것만 짐작했을 뿐이었다. 그는 아버지와 같은 시내에 살면서도 독립해서 살았고 가끔씩 집에서 인편으로 보내오는 생활비는 술값으로 날려버리기 일쑤였다. 등록금마저 끊겼을 때에야 그는 비로소 행방불명된 아버지 소식을 내게 처음으로 들려주었다. 그리고는 마치 이런 때를 기다렸다는 듯이 그는 학교를 그만두었다. 남겨둔 식량 값으로 역광장의 아이에게서 신문 뭉치를 모두 사들고 '형아!' 하고 부르던 그의 동생을 떠올리며 실로 바보가 되어 서 있었다. 야윈 육체와 영혼에 너무도 깊게 스며버린 사랑 때문이었다.

동학사 가는 길의 산봉 위에 아직 겨울이 살고 있을 때였다. 전설이 남아있던 봄날 동학사 스님들의 한결같은 하얀 고무신에 밟혀 자신의 죄는 죽어갔다고 말하던 그는, 그토록 서성이던 역사 부근의 방을 비우고 어디론가 떠나갔다. 목련, 그 고아한 생명이 수줍게 피어날 때였다. 미처 못다한 말이 언제까지나 가슴에 가득 차 있었지만 그래도 그는 떠났고, 내 순백의 진실은 다시는 돌아오지 않을 것으로 믿었다. 그래서 때로 흔들리는 나의 사념은 누군가의 앞에서 시들어가는 작은 꽃처럼 애잔했다.

<산에 와 날 밤 몇 골이 지났다. 차가운 땅 속이 얼마나 메마른지 뿌린 씨앗은 나지를 않고 사랑하는 마음만 더 깊어져 두고 온 시가 못내 그리웁다.>

어느 날인가 주소 없는 편지 한통이 날아들었다. 차라리 산이 되고 싶다던 그였지만 나는 알고 있었다. 아직은 모든 미련이 살아 있어 새의 언어 같은 것들 알아듣지 못하리라는 것을. 땅이 갈라지는 폭염의 하늘밑, 부드러운 산자락 그늘을 밟고 기차가 지나갈 때면 그는 분명 푸석거리는 흙먼지를 털고 일어설지도 모를 일이었다. 아무것도 맺힌데 없이 그저 사랑만 가득 찬 그의 가슴, 7월의 들녘만큼이나 푸르른 서러움이 애절애절 눈물을 쏟는 그의 가슴을 어찌 헤아릴 수나 있었을까.

그는 언제부턴가 지리산 한 자락을 제 것인 양 지키고 있었다. 옥수수와 고추에 물을 퍼나르고 말갈기처럼 번뜩이는 햇살 속에 드러눕기가 예사라 했다. 잡풀 무성한 밭두둑을 베고 누워 한없이 높아진 하늘을 올려다보며 정말 자신에게 필요한 게 무엇인가를 생각했었다. 그것은 하늘에서 쏟아지는, 가슴 적시는 단비도 아님을 알았다. 아무리 껍질을 벗겨내도 참 그대로의 것이 되지 못하는 인간 세상에서 그는 끝없이 절망하고 있었다. 꽃이 어린 왕자를 길들이듯 그의 아버지는 어머니에게 서러움만 길들였다고 했다. 아들의 가슴 앞자락에 소금이 될 만큼 많은 눈물을 흘렸던 그의 어머니. 위암으로 고생하던 그의 아버지는 결국 어머니를 찾아와서야 생을 다 하였다. 육신에 마지막 고통이 엉키고, 감당 못할 아픔의 잔해를 어머니 혼자서 또 도맡았었다.

<하고 싶지만 해서는 안 될 이야기가 너무 많아. 다만 '늘 그만큼 멀수도 가까울 수도 없는 거리'를 지키고 홀연히 스쳐간 기차 속의 소녀처럼 먼 기억 속에 그대의 모습을 남기기 위하여, 또한 쉬 잊혀질 수 있게 하기 위하여, 해서는 안 될 이야기가 참 많아.>

비가 뿌릴 것 같은 흐린 오후 나절에 소포 하나를 받았다. 폭염에 나래를 접어버린 하얀 고추꽃과 노랗게 타들어간 상추 한웅큼, 얼만큼 자란 옥수수 몇 포기였다. 생명을 빼앗기고도 쉬지 못하고 포장지에 싸여 숨 가쁘게 먼 길을 달려온 그의 분신들이었다. 노래 없는 건조한 오후에 여신의 옷깃 한 자락 같은 목숨들이 그곳에서 살아 숨 쉬는 걸 나는 보았다.

살아 있는 날들의 행복

가을을 재촉하는 비가 내리고 있다. 외출에서 돌아오다가 저녁 식탁에 놓을 찬거리를 한아름 사들고 슈퍼 앞을 지나치려니 불현듯 아이들 생각이 났다. 그들이 좋아할 아이스크림 따위를 넉넉하게 담아들고 비에 흠뻑 젖어 오면서도 마음은 즐겁기만 했다. 언제부턴지 줄기차게 쏟아지는 빗줄기를 보고 있으면 가슴 속을 후련하게 훑고 지나가는 카타르시스 같은 그런 기쁨을 느끼게 된다. 그런 날은 으레 심신이 모두 넉넉해져서 아이들에겐 더욱 상냥한 엄마가 되고 남편에게는 더러 곰살궂게 애교도 부리게 된다.

모처럼 온 가족이 저녁 식탁에 둘러 앉았다. 사업한다는 명분으로 가족들 가까이 있어 주지 못하고 아빠의 자리를 늘 비워두어야만 했던 남편. 그래서 오늘 같은 날이면 아이들은 그동안 눙쳐두었던 아빠에 대한 사랑을 확인하느라 들떠서 목소리의 톤이 높아지고 요즘 아이들의 사랑법에 서툰 남편은 즐거워하면서도 은근히 진땀을 흘리는 눈치다. 두 딸의 애교전은 끝이 없어서 엄마의 절제 선언이 있고 나서야 좀 수그러들곤 했다. 그런 그들을 사랑의 눈길로 바라보면서 문득문득 지난 날들이 떠오를 때가 있다.

정말 욕심 없이 살았던 나는 가난에는 훈련이 잘 되어 있어서 한 번도 가난하다는 사실로 절망해본 적이 없었던 것 같다. 그러나 사랑에 대한 욕심만은 대단해서 늘 부족해 하고 갈망하며 살아왔다. 그 대상은 가족 뿐 만이 아니었고 내가 관심 갖고 사랑하는 사람이면 모두 해당이 되어 나 자신에게는 퍽이나 힘겨웠다. 지나고 보니 한낱 부질없는 욕심이었 구나 싶은데 그 당시에는 왜 그리도 절실한 문제로 부각되어 왔을까.

결혼을 하고 한동안은 남편의 그늘에 가려 내 빛을 발하지 못하고 살 아 왔으며 그같은 생각으로 일종의 피해 의식을 갖고 있었다. 나는 세상 사에 워낙 눈이 어두웠기 때문에 늘 그의 도움을 받아야 했다. 생활하는 데 필요한 지혜가 내 또래의 여자들에 비해 나는 늘 부족한 것으로 느껴 졌다. 그러다 보니 내 생활에 대한 자신을 갖지 못하고 늘 허둥대며 살아 왔던 것 같다. 세상사에 대한 낯설음은 그래서 끝이 없었고…….

그것은 사소한 일에서부터 시작되었는데 주부가 해야 하는 가장 기본 인 물건 구입하기부터였다. 장사꾼들에게 알면서도 속임을 당하고 야박 스럽지 못해 달라는 대로 주면서 에누리 모르는 계산을 하곤 했다. 그런 날은 으레껏 남편의 설교를 들어야 했고 나는 나름대로 속아주고 손해 보며 사는 것이 마음 편한 거라고 눙치기도 했지만, 그렇게 엉성해서 세 상을 어떻게 살아가겠느냐는 그의 핀잔을 피할 수는 없었다. 그런 문제 들이 더러 쌓여서 나는 자꾸만 세상을 살아갈 기력을 상실해 갔다. 세상 과 타협해야 하는 것만 아니라면 자신 있게 삶을 살아온 터라고 생각했 었는데 내부에서 거부하는 내 의식은 자꾸만 반기를 들고 자긍심은 무너져갔다. 세상 밖에만 서면 잔잔한 바람에도 왜 그리 흔들리고 무언가에 겁이 났었던지. 세상사 눈 감아버리고 싶은 일이 어찌 그리도 많았던지 그럴 때면 내 스스로가 자신을 조금씩 갉아먹는 듯했다.

이제는 세월이 흘러 아이들의 엄마가 되었고 살림을 꾸려가는 연륜이 더해져선지 세상사에 조금은 초연해졌다고나 할까. 어우러져 살아가는 세상 사람들로부터 살아가는 지혜를 배웠고 나름대로 터득한 것도 있어 이제는 자생력이 좀 생긴 것도 같다. 남들은 잘들 살아가는 삶을 왜 나만 유독 버거운 짐을 진 듯 그렇게 가슴앓이를 해야 했을까. 나는 그만큼 빈 구석이 많은 여자였을까.

행복은 멀리 있는 게 아니라고 했던가. 큰 부자이기를 꿈꾸지 않았기에 추운 겨울날 시내버스 안에서 쏟아져 내리는 눈송이를 보며 돌아갈 내 집이 있음에 행복해 할 수 있었고, 사랑하는 누군가의 생일날 예쁜 꽃다발을 한아름 들고 찾아가 진정으로 축하한다고 말할 수 있는 여유도 가질 수 있었다. 나는 그런 자그마한 행복을 누리며 그런 나날을 감읍했었다. 어느 날 댓돌 위의 신발이 세 켤레로 늘었을 때의 형언할 수 없는 감정, 만감이 교차되는 생각들, 기쁘면서도 슬픔 같은 것들, 밖에서 놀다 돌아온 아이들이 병아리 되어 내 가슴으로 파고 들 때의 충만한 행복감, 그런 것들이 나를 일으켜 세워 주었고 결코 나는 나약한 삶을 살지는 않을 거라는 일종의 오기 같은 것이 또 나를 지탱해 주는 버팀목이 되었다.

부부는 늘 평행선을 달리는 레일 같은 거라 생각되어 절망했던 시간들도 이제는 많이 훈련되어 누가 누구에게랄 것도 없이 많이 가까워지고, 날선 감정의 흔적들도 세월의 작용에 무디어져 서로에게 입혔던 상채기도 곧잘 아물어지는 것 같다. 사랑이 부족하다는 투정부림도 자신이 베풀어야 할 사랑과 관심의 대상이 많아져 받기보다는 주는 행복이 더 큼을 알게 되었다. 때로 사람이기에 갖춰야 하는 겉치레 앞에서 지금도 더러 낯가림을 하지만 고통으로, 절망으로 치달을 만큼에서는 벗어나게 되었다.

나를 사랑해 주는 모든 사람들에게 인정받고 내가 살아온 상처투성이의 삶들을 잘 지켜가고자 얼마나 노심초사 했던가. 때로 착한 여자의 굴레를 홀홀 벗어나고자 시도도 해 보았지만, 결국은 그 주위만 맴돌다가 내 자신에게로 돌아오고 말았다. 그러나 이제 스스로 상처를 핥아 치유하는 방법을 터득해 가질 않았던가. 자신을 주체적으로 지켜가면서도 타인들과 어우러져 살아가는 일이 얼마나 많은 인내와 노력이 필요한지도 알았다. 하지만 항시 깨어있는 여자이기를 갈망할 수 있다는 것만으로도 나는 행복하다. 누군가를 사랑하고, 그리고 내 자신 모든 것을 체온으로 따뜻하게 감싸주며, 이만큼의 생활을 하기까지 어우러져 함께 살아가는 분들에게 진정 감사한다.

이런저런 생각에 젖어 있는 사이 빈 그릇들만 남기고 아이들의 성화에 이끌려 남편은 놀이터의 벤치로 떠밀려 나갔다. 그들을 위한 배려인지 내리던 비도 그치고 나란하게 앉아있는 아이들과 그는 마냥 즐거워 보인다. 내 손으로 만든 음식을 게걸스럽게 먹는 아이들의 모습을 그윽한 눈길로 바라보면서, 당신 솜씨 넘버 원이라고 엄지손가락을 펴 보이는 그를 보면서 진정 여자의 행복을 이런 것일까를 생각해 본다.

소리꾼 2

　자연에는 4계의 법칙이 있듯이 인생에도 유년, 청년, 장년, 노년기가 있다. 소리에도 이와 같이 생애적 단계가 있지 않을까.

　봄은 새 생명이 싹 트는 입문의 소리라면 여름은 힘찬 약동의 소리이다. 그래서 봄은 힘찬 출발의 소리가 대지를 울려주고 여름은 폭풍전야의 천둥소리처럼 산천초목이 한 몸이 되어 요동치는 장엄한 소리다. 가을의 소리는 봄과 여름을 지나 마침내 성숙으로 이어지는 소리다. 한숨이 지난 후의 편안한 가슴처럼 눈물이 흘러내리는 소리, 천지를 뒤흔들던 굉음이 잔잔한 물결 위로 내려앉는 소리. 외로움도 한숨도 서리 맞은 꽃잎으로 옮아가는 그런 소리다. 고독한 집념과 외로움과의 싸움에서 얻게 된 자유의 소리는 우리의 영혼을 울리는 절대자의 소리다. 인간의 가슴 속에 있는 아픔을, 서러움을 기쁨으로 승화시켜 주는 그런 신묘한 소리여서 탈진한 이 세상의 영혼들을 일으켜 세워준다.

　겨울의 소리는 쇠락의 소리다. 자연의 섭리는 영원한 데 비해, 우리 인간의 생명은 찰나에 불과하니 어찌 안타깝지 않겠는가. 겨울을 맞는 노년기의 인생처럼 소리도 완숙해진 후에는 어쩔 수 없이 쇠락을 맞게 되는 것이다.

모든 예술이 그러하겠지만 소리라는 한 세계 역시 각혈의 아픔 없이는 찬란한 꽃을 피우지 못한다. 더욱이 요즘 번창하는 서양노래에 밀려 외면 받던 '우리의 소리'가 이만큼이나마 맥을 이어올 수 있었던 것은 '소리'를 사랑하는, '소리'에 인생을 건 '소리꾼'들의 남다른 애정 때문이다. 천대받던 '소리꾼'들이 한곳에 정착하지 못하고 떠돌던 때가 그리 오래 전 일이 아니다. 첩첩이 쌓인 한을 간직하고서도 소리가 좋아 오로지 소리만을 쫓아 방방곡곡을 뒤고 매며 소리와 살았던 그들. 시대적인 박대가 아니더라도 유행가나 팝송에 밀려 심금을 울리던 우리의 소리는 이만큼이나마 그 맥을 유지하는데도 힘이 부쳤다. 우리의 소리를 형상화한 영화 '서편제'의 몇 장면을 떠올려 본다.

'소리'와 '북'이 지겨워, 아니 가난을 떨쳐버리기 위하여 송화(주인공)의 동생은 집을 떠난다. 오로지 '소리'와 혈육밖에 모르던 송화는 그 충격으로 식음을 전폐하고 그만 자리에 눕고 만다. '소리'를 잃어가는 송화를 보며 소리꾼인 아버지는 약재를 넣어 송화의 눈을 멀게 한다. 자신의 한 생을 바쳐 키워낸 소리를 살려내기 위해서다. 차마 아버지로서는 못할 짓이었다. 그러나 소리의 한 경지를 위해 딸을 희생시키고 만 그 소리꾼. 결국 송화는 육신의 한 부분을 잃고 '소리'라는 상대적 가치를 다시 얻음으로 해서 삶의 의지를 다시 찾는다. 송화는 자신의 눈을 멀게 한 장본인이 아버지였다는 것을 알고서도 소리를 통해 결국 아버지를 용서하게 된다. 그 용서의 경지가 바로 득음의 경지였으니 소리와 우리 인간사의 이치는 결국 같은 것이 아닐까.

죄도 용서가 되고 돌덩이 같은 원한까지도 용해되는 '소리'의 위력은 과연 어떤 것일까? 인생이 길게 잡아 100년을 산다 하나 잠자는 시간과 병든 날, 고통의 날을 제하고 나면 즐거운 날은 고작 얼마 되지 않을 것이다. 그런 짧은 생을 살아가는 가운데에서도 어떤 이는 부에, 혹은 명예에, 혹은 예술에 인생을 걸고 살아가듯 소리꾼은 오로지 '소리'에 인생을 건다. 자신과의 처절한 싸움에서 승리하여 득음을 하게 되면 부귀공명보다 더 기막힌 것이 소리여서일까. 그 득음의 자리가 비록 높고 험난할지라도 그들은 기꺼이 외롭고 고통스러운 길로 나선다. 때론 세상으로부터 외면당하기도 하고 때로는 피를 토하는 고통을 경험하면서, 오로지 소리만을 위한 외로운 그 가시밭길을 걷는다.

눈물이 깊어지면 인생도 깊어진다. 어쩜 살아가는 것이 한을 쌓는 것이고 한을 쌓는 그 자체가 살아가는 것이어서일까? 그래서 청년기의 맑고 고운 소리보다는 장년기의 완숙한 소리가 진정 소리다운 소리라고 한다. 그것은 아픔이 있음으로 해서 한을 쌓게 되고 그 한을 곰삭여 배설하면서 승화되는 소리여서다. 그렇게 한을 소리에 담을 수 있게 된 후에야 비로소 그 한을 훌훌 넘어서는 정화된 소리가 가능한 것이다. 그것이 곧 득음의 경지다. 가슴 가득한 원망도 용서가 되고, 백팔번뇌를 떨치고 무지개빛으로 피어나는 피안의 세계가 열리는 소리. 꽃구름 몰고 와 천년 꿈을 꾸게 하는 소리가 세상 어느 곳이든 떠다니며 삼라만상을 울고 웃게 희롱도 하고 옴짝달싹 못하게 움켜쥐기도 한다. 그렇게 한자락 꿈이 되고 기쁨이 되다가 결국 법열로 승화되어 운명처럼 끌려오고 끌려가는 소리, 소리, 소리 ……

안개비 내리는 추억 속으로

우리들의 유년 시절, 긴 겨울밤엔 등잔불을 중심으로 가족들이 모여 이야기꽃을 피우곤 했었다. 어머니는 화롯불에 인두를 달궈 저고리 배래선 닮은 버선을 만들기도 하셨고, 할머니는 화롯불에 밤을 굽기도 하셨다. 우린 모두 각자의 일에 열심이었기 때문에 등잔불 밑에서 자리를 옮기려면 여간 조심하지 않으면 안 되었다. 사람에게서 이는 바람으로 불꽃이 떨면 공간은 그만큼씩 수시로 흔들렸기 때문이다.

대숲에 내려앉는 싸락눈 소리, 그리고 그곳을 스쳐가는 바람 소리가 등잔불 빛에 녹아들어가는 밤에 나는 그 소리들을 들으며 작은 꿈을 키우고, 내 일생동안 함께 할 정서를 만들어갔을 것이다. 누구에게나 유년의 기억은 평생 동안 그의 삶을 지탱해가게 하고 현실을 끌어갈 힘을 주기도 한다.

등잔불은 소박하기도 하고 더없이 은밀하기도 하며 때론 슬기롭기까지 했다. 그 불꽃을 바라보며 자라던 그때의 무수한 추억은 나를 곧잘 환상에 빠뜨렸다. 어쩌다 가끔 방안의 불을 모두 끄고 홀로 거실에 앉아 있을 때가 있다. 더러 속이 상해 감정을 다스릴 때나 생각을 정리할 때의 일이다. 칠흑같이 어두운 곳에서 생기는 심한 적막감이 짙게 나를 묶을 땐 등잔불 하나 켜도 좋겠다는 생각도 있었지만 나는 무엇보다도 어둡고 고요한 그 시간을 즐겼다.

사람들은 전깃불 아래서는 꿈꾸지 않지만 등잔불 밑에선 꿈을 꾼다. 그래서 때론 밝은 전깃불에서 사물을 보는 것보다는 등잔불 빛을 통해 보았을 때 흥미도 있고 그것들 나름대로의 아름다움과 존재가치를 더해주기도 한다. 그래서 그것들이 존재하고 또 존재할 만한 값어치가 있다는 것을 깨닫게도 되는 것이다. 미세한 바람의 움직임에도 온 몸이 흔들리는 그 작은 불꽃이 밤이면 이 세상의 긍지나 순정을 지켜가지 않았던가.

연약한 등잔불 빛은 외부 요건에 의해 쉽게 흔들리지만 언제나 수직의 자리, 제 위치로 환원한다. 인간의 삶에서 늘 음과 양이 서로 조화를 이루듯 등잔불 빛의 내부에도 어둠과 빛이 공존할 때 생기는 소용돌이가 인다. 그러나 그 소용돌이는 어둠과 빛이 각자의 대립을 초월해서 서로 수용하기 때문에 오히려 아름답다. 그 어둠과 빛의 승화가 우리를 등잔불 빛으로 모여들게 하는 응집력을 갖는다. 등잔불은 자신을 비추지 못한다. 그래서 위를 향해서만 타오르는 수직의 그 불꽃은 자유롭게 날고 싶은 인간의 모습과 닮았다. 등잔불이나 인간이나 현실과 비현실 사이에 놓여진 다리는 건널 수 없는 은하수다.

부딪힌 삶의 모서리에서 어둠이 나를 에워쌀 때는 등잔불과 마주하고 싶어진다. 그 가녀린 불꽃이 연약해지는 순간에도 어떤 위안을 느끼게 하는 따사로움 때문인지, 어릴 적 대하던 등잔불의 기억이 여전히 따뜻한 정감으로 남아 있다. 가끔 긴장된 삶에서 벗어나고 싶은 밤엔 휘황한 전깃불이 아닌 추억 속의 등잔불을 켠다.

가슴 저미는 그리움이 쌓이듯 문밖엔 함박눈 내리고 희미한 불빛으로 모여 앉은 가족들을 응집시켰던 등잔불, 이제 등잔불을 사용하는 집은 그 어디에도 없지만 나는 지나간 시절의 그 기억을 오래오래 간직하며 지난 날 향기로웠던 그 등잔에다 성냥을 켜대고 안개비 내리는 추억 속으로 걸어 들어가 보고 싶다.

밀물 썰물의 세월

　차창 멀리 바다의 시작이 보였다. 그리고 하루가 다르게 키가 커지리라고 예상했던 방조제의 그 바다는 차츰 밀려나 자리바꿈을 하고 있었다. 추석에 보았던 방조제에 대한 거부감은 여전했다. 하루라도 빨리 내가 이 바다를 보고자 했던 것은 저 낯선 방조제 때문이었는지도 모른다. 방조제가 바다를 야금야금 갉아 대다가 마침내 완벽하게 차지해 버리기 전에 바다를 보고 싶은 마음 때문이었다. 그래서 한번이라도 더 온전한 바다를 보고 싶다는 욕심을 부렸다. 빼앗겨버린 저 바다의 초라함만큼이나 내 가슴도 자꾸만 비어가는 것만 같았다.

　모퉁이를 돌고 돌아도 산은 여전히 저만치 주저앉아 있었다. 변산 해수욕장을 지나 격포로 달리는 버스는 술렁대는 사람들을 싣고 언제나처럼 무심하게 달렸다. 바다와 육지가 아득한 갯벌을 사이에 두고 서로를 그리워하는 것이 포구라는데 그런 관념은 여지없이 깨어지고 을씨년스럽게 스산한 겨울 이미지만 남아있었다. 종점에 다다른 버스 안에는 승객 네댓 명이 내릴 준비를 하고 있다. 내리는 눈발 탓인지 채석강으로 향하는 마음이 왠지 자꾸만 발걸음을 앞질렀다.

썰물이었다. 그 옛날부터 그래왔듯이, 그리고 열 살 남짓 되어서 이 채석강을 처음 보았을 때처럼 장엄하면서도 포근한 표정으로 이 침묵의 강은 늘 변함이 없었다. 바위 겹겹이 즈믄 세월이 흐르는 채석강은 저만치의 거리에서 내게 손짓하고 있었다. 내려다 본 발밑엔 이제 막 숨을 쉬기 시작한 홍합 새끼가 돌 틈 사이에서 층층을 이루고 있다.

얼마나 지났을까. 물때 따라 품을 파는 아낙의 호미질에 캐내어진 굴은 바구니에 담겨지고 그 옆에 작은 게 한 마리가 다른 둥지를 찾아 부지런히 내달리고 있었다. 간척사업이 마무리되면 이곳의 사람들도 저 작은 게처럼 다른 곳을 찾아 정 붙일 거라는 생각을 하자 쓸쓸함이 밀려들었다. 몇 시간 동안 부지런한 손놀림으로 따낸 석화를 이고 아낙들은 삼삼오오 짝을 지어 총총히 사라졌다. 얼어붙은 몸을 녹이려 서둘러 들어간 찻집은 예전처럼 썰렁했다.

십수년의 아득한 세월이 흘렀다. 그러나 다방 안은 여전히 춥고 썰렁했다. 싸구려 벽지와 100원짜리 동전을 넣으면 그날의 운세가 나오는 자판기(?)도 그대로 손님을 호리고 있었다. 구공탄 난로 또한 지난 시대의 골동품처럼 그대로여서 실내 온도는 사람의 체온까지 빼앗고 있었다.

가장 풋풋한 사랑을 간직할 수 있었던 그 시절에도 나는 현실적인 문제 해결에 급급해 있었다. 아버지 묘지를 꼭 찾아야겠다는 생각으로 이곳을 찾았었다. 사람을 찾아 대전에서 전주로 전주에서 변산으로 만 이틀을 정신없이 시간을 보낼 때였다. 강추위에 폭설이 내려 막차가 끊겼었다. 매표소 겸인 구멍가게 안에는 구공탄 난로만이 온기를 더해줄 뿐 모든 것이 얼어붙을 것만 같이 춥고 어설픈 그해 겨울. 너무 막막해서

도무지 대책이 생각나지 않았다. 학생이었던 나는 숙소를 찾을 만큼의 여비도 갖지 못했고 사정하고 들어설 배짱도 없었다. 내 형편을 알게 된 매표소 주인은 나를 데리고 그 옆 다방으로 갔다. 그리고는 사그러드는 구공탄 난로 옆에서 신문을 뒤적이고 있던 청년에게 뭐라고 얘길 했는지 그 청년이 나를 힐끗 넘겨다보았다. 간절한 심정으로 나는 그의 표정을 한 순간도 놓치지 않고 지켜보았다. 그의 얼굴에 짧은 순간의 망설임이 스쳐가더니 어지간히도 무뚝뚝한 사람이었던지 다짜고짜 따라 오라는 말만 하고 앞장 서 갔다.

격포에서 변산까지 시오 리 길을 그 남자는 나를 뒤세우고 눈보라치는 길을 걷기 시작했다. 어쩌나 눈이 쏟아졌던지 신작로 길은 발목을 넘었고 그는 내 앞에서 발자국으로 길을 만들어 주었다. 어둡고 익숙치 못한 길에서 내가 두어 번 엉덩방아를 찧자 장갑까지 벗어 주었다. 휘몰아치는 눈보라와 바닷바람으로 나는 이미 감각을 잃은 지 오래였고 입을 열기조차 두려워 벙어리 마냥 묵묵히 걷기만 했었다. 인적도 끊겼고 차 한 대 다니지 않는 그 길은 그야말로 칠흑같이 어둡고 두려운 밤이었다.

마침내 우리가 도착한 곳은 바닷가에 자리한 하얀 집이었다. 그의 누이라는 여자는 나를 삼층 꼭대기에 단 하나 있는 작은 방으로 안내했고 그는 밝은 불빛 아래서 힐끗 나를 바라보더니 그대로 되돌아갔다. 어떻게 잠이 들었는지 기억도 나지 않았다. 다음날 아침엔 귀신에 홀렸던 것 같은 지난밤을 생각하며 그의 누이에게 이름을 물었지만 나는 아무것도 듣지 못하고 그곳을 나와야 했다. 훗날에 나는 그에 대한 기억을 떠올리며 그를 「닥터 지바고」의 <오마 샤리프>로 명명하였다.

그날처럼 눈이 많이 내려주길 바랐지만 내가 타고 갈 버스는 이미 대기

중이었다. 바람결에 흥에 젖은 큰애기들의 맑은 웃음소리가 들리는 듯하다. 그러나 이제 변산에서 옥구군 고군산 열도를 연결하는 간척사업이 들어서면 이곳 어민들의 손에 노櫓대신 삽과 괭이가 들려질 것이다. 만선의 기쁨을 향해 밤을 뒤척이는 아낙들의 한숨소리는 이제 전설로나 남을 것인가.

열 살 무렵부터 아련한 고향으로 내 가슴에 살던 이 격포는 줄포항과 곰소항마저 간척사업으로 뭍으로 변하고 나면 오늘의 모습은 영원히 사라지게 될 것이다. 그러면 이곳은 한적한 겨울 바다의 정취 대신 새 풍속도가 자리 잡을 것이고 어쩜 나는 이곳을 다시 찾지 않을지도 모른다. 그러나 적벽에 점점이 박힌 세월의 무게는 빛이 바래도 결코 내 가슴 속의 변산은 변하지 않을 것이다. 거기엔 여전히 나를 기다려 주는 <오마 샤리프>의 얼굴과 겹쳐진 그 채석강이 흐르고 있을 것이기에.

발자국

| 초판 1쇄 인쇄일 | 2015년 1월 14일 |
| 초판 1쇄 발행일 | 2015년 1월 15일 |

지은이	김지헌(김경희)
펴낸이	정진이
편집장	김효은
편집/디자인	우정민 김진솔 박재원 윤혜영
마케팅	정찬용 정진이
영업관리	한선희 이선건 허준영 홍지은
책임편집	우정민
표지디자인	박재원
인쇄처	월드문화사
펴낸곳	새미

등록일 2006 11 02 제2007-12호
서울시 강동구 성내동 447-11 현영빌딩 2층
Tel 442-4623 Fax 442-4625
www.kookhak.co.kr
kookhak2001@hanmail.net

| ISBN | 978-89-5628-648-8 *03800 |
| 가격 | 12,000원 |